Guy Fawkes, livros del

MW00717172

Guy Fawkes, livros del

DU MÊME AUTEUR

Aux Éditions Gallimard

Romans

INTRODUCTION À LA MORT FRANÇAISE, coll. « L'Infini », 2001
ÉVOLUER PARMI LES AVALANCHES, coll. « L'Infini », 2003
CERCLE, coll. « L'Infini », 2007 (« Folio » n° 4857). Prix Décembre
JAN KARSKI, coll. « L'Infini », 2009 (« Folio » n° 5178). Prix Interallié

Essais

PRÉLUDE À LA DÉLIVRANCE, de Yannick Haenel et François Meyronnis, coll.
« L'Infini », 2009

Collectifs

LIGNE DE RISQUE, 1997-2005, sous la direction de Yannick Haenel et François
Meyronnis, coll. « L'Infini », 2005

Entretiens

Philippe Sollers, POKER, entretiens avec la revue *Ligne de risque*, avec la collaboration de
François Meyronnis, coll. « L'Infini », 2005

Chez d'autres éditeurs

À MON SEUL DÉSIR, *Éditions Argol / Réunion des Musées Nationaux*, 2005
LES PETITS SOLDATS, *Éditions de La Table Ronde*, 1996 (La Petite Vermillon, 2004)
LE SENS DU CALME, *Mercure de France*, coll. « Traits et portraits », 2011 (« Folio » n° 5508)
DRANCY LA MUETTE, avec des photographies de Claire Angelini, *Éditions Photosynthèses*,
2013

L'Infini

Collection dirigée
par Philippe Sollers

YANNICK HAENEL

LES RENARDS
PÂLES

roman

GALLIMARD

À François Meyronnis

Vaincre le capitalisme par la marche à pied.

Walter Benjamin

I

1

L'intervalle

C'est l'époque où je vivais dans une voiture. Au début, c'était juste pour rire. Ça me plaisait d'être là, dans la rue, sans rien faire. Je n'avais aucune envie de démarrer. Pour aller où, d'ailleurs ? Je me sentais bien sous les arbres, rue de la Chine. La voiture était garée le long du trottoir, en face du 27. Il y avait des pétales de cerisiers qui tournoyaient dans l'air ; ils s'éparpillaient avec douceur sur le pare-brise, comme des flocons de neige.

C'était un dimanche, vers 20 heures. Je m'en souviens très bien parce que, ce jour-là, on m'avait mis à la porte. Depuis quelques mois, je n'arrivais plus à payer le loyer ; la propriétaire de la chambre m'avait rappelé à l'ordre, et puis ce matin-là elle a frappé à ma porte ; comme je n'ouvrais pas, elle s'est mise à hurler que j'avais la journée pour quitter son *meublé*. Je me suis rendormi, avec une légèreté qui aujourd'hui me paraît extravagante. À l'époque, j'accordais peu d'importance à ce qu'on nomme les relations humaines ; peut-être n'avais-je pas besoin de faire croire aux autres que j'étais vivant.

Bref, j'ai traîné toute la journée au lit, puis vers la fin de l'après-midi, alors que la lumière d'avril entrait dans la chambre avec ses couleurs chaudes, à ce moment où l'on prend plaisir à baigner son visage dans les rayons du soleil, j'ai rassemblé mes affaires ; ça faisait à peine trois cartons : du linge, des livres et une plante verte — un papyrus qui m'accompagne depuis toujours.

Depuis quelques mois, j'avais perdu le fil ; ma vie devenait évasive, presque floue. Je ne sortais plus de chez moi que la nuit, pour acheter à l'épicerie du coin des bières, des biscuits, des cigarettes. Est-ce que je souffrais ? Je ne crois pas : il y avait un coin dans ma chambre, entre le radiateur et le lit, qui me plaisait énormément ; je m'y installais dès le réveil : être assis là, sur le plancher, le dos bien calé dans l'angle du mur, cela me suffisait. Ce coin n'avait rien de particulier, mais une lumière y venait vers 17 heures, une lumière *spéciale* qui me rendait heureux, une sorte de halo rouge, orange, jaune qui avançait au fil des heures le long du mur jusqu'à ma tête, qu'il finissait par couronner.

Une flamme déchire les lignes ; elle fait tourner votre solitude dans la lumière. Qu'est-ce qui m'arrivait dans cette chambre ? Est-ce que je faisais déjà de la place en moi pour les Renards pâles ? J'ignore si ce que je vivais avait le moindre sens, mais voilà : j'étais capable d'attendre chaque après-midi l'arrivée d'une auréole au-dessus de ma tête ; une telle attente remplissait mes journées, elle les sortait de l'ordinaire : en un sens, elle les consacrait.

J'ai conscience, en vous décrivant cette période de ma vie, de son étrangeté ; d'ailleurs, quelques amis ont pensé

16

que je traversais une dépression. Comment savoir ? On ne fait parfois que subir ce que l'on croit désirer. J'avais très peu d'argent, une allocation chômage qui diminuait chaque mois parce que j'étais négligent et ne remplissais pas les formulaires, mais je me sentais bien dans ce vide ; je tenais fermement mon auréole. Mon désœuvrement était une expérience. Je me *préparais*. J'étais, je suis, je serai toujours absent ; quelque chose manque à la consistance du monde et, à cette chose qui manque, je m'identifie.

Vers 20 heures, ce dimanche-là, après avoir fermé les volets et coupé l'électricité, j'ai descendu les trois cartons, je les ai chargés dans le coffre de la voiture, puis j'ai glissé les clefs de l'appartement dans la boîte aux lettres, comme me l'avait demandé la propriétaire. Pas d'état des lieux, rien — de toute façon, je n'avais versé aucune caution.

J'étais donc à la rue. Ça vous prend à peine quelques jours pour dégringoler ; un soir, vous vous rendez compte qu'il est trop tard. Dans mon cas, ça n'était pas encore dramatique : j'avais la voiture. On me la prête depuis deux ans, elle appartient à un ami qui travaille en Afrique. Je veille sur elle, au cas où il reviendrait en France.

En entrant dans la voiture, je souriais. Les pétales des cerisiers flottaient dans la rue ; sur le pare-brise, ils formaient des nymphéas. Il y avait des reflets rose et blanc, du mauve, un calme de solitude dans la lumière du soir. Je crois que j'étais soulagé d'en avoir fini avec cette période. J'aime bien les nouveaux chapitres : la fraîcheur vient avec la vie nouvelle, on dirait qu'elle vous aide. Même si j'ignorais ce que j'allais faire, ma vie se dégageait, elle s'ouvrait de mieux en mieux — c'était ça l'important.

Ce n'était pas la première fois que je restais au volant sans rien faire. D'ailleurs, la voiture, je la changeais rarement de place. C'est un break — une énorme R18 break, une vraie baleine — : si je quittais cette place, jamais je n'en trouverais une autre. Et puis le stationnement rue de la Chine est gratuit, c'est l'une des dernières rues de Paris où l'on ne paie pas. Il m'arrivait souvent de venir une heure ou deux m'asseoir au volant, juste pour penser. Chaque fois que j'entre dans la voiture, quelque chose se libère ; je ne démarre pas, une légèreté envahit mes gestes, elle les efface doucement, je reste suspendu. Est-ce que c'est le vide ? On est là, et en même temps on n'existe plus : les passants vous frôlent, ils ne vous voient pas, vous êtes devenu invisible.

En tout cas, au volant de la voiture, à chaque fois, ma tête s'ouvre. C'est alors que *ça arrive*. Quoi ? je ne sais pas exactement, mais quand ça arrive vous avez l'impression qu'il vous arrive vraiment quelque chose ; et même qu'il n'arrive jamais rien, sauf ça.

Est-ce que ça a un nom ? Personne ne sait ce qui arrive dans le vide. Personnellement, j'appelle ça l'« intervalle ». Pas facile à décrire : une bouffée de joie, et en même temps une déchirure. Pas facile à supporter, non plus : une sorte d'immense souffle. Est-ce que ça étouffe, est-ce que ça délivre ? Les deux : c'est comme si vous tombiez dans un trou, et que ce trou vous portait.

Sans doute est-ce grâce à l'« intervalle » que je n'ai pas eu peur lorsque je me suis retrouvé à la rue. Car j'avais la voiture, mais surtout, grâce à la voiture, j'avais l'«intervalle». Il était inévitable qu'un jour ou l'autre je délaisse complètement ma chambre pour vivre dans la voiture.

J'ai mis la clef dans le contact, et je l'ai tournée. À ce moment-là, la radio s'est mise en marche. Il était 20 heures pile, c'était le flash d'information. On a annoncé le nom du nouveau président de la République. J'ai ri tout seul. Comment avais-je pu oublier ? J'étais au volant de ma voiture, stationnée rue de la Chine, un dimanche d'avril, à Paris, en France ; et moi seul sans doute ignorais que ce jour-là, en France, à Paris et dans toutes les villes, dans les villages, partout, même rue de la Chine, on élisait un nouveau président de la République. Je n'en revenais pas : qu'est-ce qui avait bien pu m'arriver pour que je ne sois pas au courant ?

Bien sûr, je n'étais pas allé voter — mais ce n'était pas un oubli : j'avais choisi de *ne pas voter*. Cette décision, elle remontait à plusieurs années déjà, à une époque où ce qu'on nomme la «politique» en France avait commencé à se décomposer ; et sans doute la venue dans ma vie de l'«intervalle» l'avait-elle approfondie : il n'est plus concevable d'adhérer à quoi que ce soit quand tout en vous se détache ; le moindre lien vous semble absurde.

Alors voilà, il était 20 heures, et à la radio ils venaient d'annoncer le nom de celui qu'ils appelaient le «nouvel élu» ; il y a eu toutes sortes de commentaires, puis le «nouvel élu» a prononcé un discours.

Dès qu'il a commencé à parler, je n'ai plus entendu les mots. Bien sûr, il était question, comme toujours, du

« pays », de la « nation », de l'« effort » et du « travail » que tous les Français devaient mener ensemble. Le mot « travail », surtout, revenait : il fallait travailler, travailler de plus en plus, ne faire que travailler. Je me disais : y a-t-il d'autres sans-emploi qui, comme moi, écoutent le « nouvel élu » faire l'éloge de ce qu'ils n'ont pas, et n'auront jamais ?

Car le travail, que son discours nous présentait comme une « obligation républicaine », comme une « valeur » susceptible, disait-il, de « sauver le pays », n'existait tout simplement plus : on nous encourageait à travailler alors même qu'il n'y avait plus de travail. Les gens que je croisais avaient tous été licenciés, tous ils avaient été poussés dehors, ils végétaient parce qu'on les avait *exclus* du travail. Si bien que lorsque le « nouvel élu » répétait le mot « travail » en feignant d'y voir la solution à tous les problèmes, il nous rappelait surtout que nous étions, les uns et les autres, dans une impasse, et combien il était facile de nous contrôler. Je me disais : il y a ceux qui se tuent au travail, et les autres qui se tuent pour en trouver un — existe-t-il une autre voie ?

Dans mon cas, les choses étaient claires : j'avais longtemps trimé en banlieue, puis je m'étais soustrait à cet esclavage, aujourd'hui *je ne désirais plus travailler*. Mon désœuvrement avait pris la forme d'un refus tranquille ; de même que l'idée du vote était morte en moi, l'idée du travail s'était éteinte, estompée dans la lumière d'une auréole : je préférais vivre à l'écart, avec peu d'argent, sans rien devoir à personne.

Je sais qu'on considère les désœuvrés comme des parasites : le « nouvel élu » venait carrément de déclarer la guerre à tous ceux qui ne se levaient pas tôt chaque matin pour aller au travail. Selon lui, il s'agissait de « mauvais citoyens » : il trouvait intolérable que la société continue à les assister ; ainsi les RMistes, les précaires et ceux qui avaient perdu leur travail, tous ceux qui, précisément, avaient été chassés du monde du travail, étaient-ils mis dans le même sac.

On veut nous faire croire que le travail est la seule façon d'exister, alors qu'il ruine les existences qui s'y soumettent. Ceux qui s'imaginaient survivre grâce à un travail cherchent désormais comment survivre à celui-ci. Et si chacun parvenait à en finir avec sa propre docilité — à briser dans sa vie la sale habitude d'obéir ? Une grève générale éclaterait enfin, qui plongerait le pays dans le tumulte. Avec un plaisir ambigu, j'imaginais la France étouffée dans son chaos.

Le discours du « nouvel élu » continuait, mais je ne parvenais plus à l'écouter : derrière chacun de ses mots, quelque chose hurlait. Ça produisait une sorte de trépignement sourd, comme si le langage se convulsait ; quelque chose crissait, les rouages étaient usés, c'était mal réglé. J'ai pensé : la République française grince des dents.

J'ai éteint la radio. Le cerisier du numéro 27 ouvrait ses branches aux fleurs qui s'envolaient. Je suis sorti de la voiture et j'ai glissé ma tête sous le flot des pétales. Le visage tourné vers les branches du cerisier, les yeux fermés, j'ai respiré à fond : les pétales caressaient mes joues, mon front, ma bouche. Je souriais dans la rue, inondé de fleurs, un dimanche de printemps ; ma joie était immense. Je pensais à l'expression : le « nouvel élu ». Expulsé de ma propre vie, n'était-ce pas plutôt moi, l'élu ?

C'est à cet instant précis, un peu après 20 heures, que j'ai décidé de vivre dans la voiture. J'ai senti que c'était ça qu'il fallait faire : rester dans la voiture, attendre la venue de l'« intervalle », et puis écouter. Écouter ce qu'il y avait sous les mots, écouter longtemps — ouvrir ses oreilles à ce qui arrivait. Ça ne faisait que commencer, et moi j'avais le temps.

2

Papyrus

La première nuit, je n'ai pas dormi. J'étais excité par cette combinaison de détails qui s'offre à vous lorsqu'une nouvelle vie commence. Je savourais chaque nuance de mon entrée dans la voiture, comme si l'on m'avait ouvert les portes d'un château.

Après avoir rangé les cartons dans le coffre, je suis allé faire des provisions à l'épicerie du coin : j'ai acheté une bouteille de vin, du thon, des biscottes, du chocolat, un pack d'eau minérale. J'ai placé à portée de main, sur le siège du passager, ce dont j'avais besoin : brosse à dents, dentifrice, médicaments, stylo, carnet, lampe de poche, que j'ai rassemblés dans une boîte à biscuits en métal. Et sur la banquette arrière : une couverture, quelques vêtements. Pour le reste, on verrait plus tard.

J'ai allumé une cigarette. Par la vitre ouverte, je respirais la douceur du soir. Le parfum des fleurs de cerisier et celui de la glycine qui venait d'un jardin à l'angle de la rue Villiers-de-l'Isle-Adam enveloppaient l'atmosphère. La soirée était calme ; personne dans les rues : un dimanche soir d'élection.

J'aimais bien cette idée d'être au volant d'une voiture sans démarrer ; je trouvais l'idée meilleure qu'un voyage. Et puis, n'y avait-il pas, dans cette fantaisie, quelque chose qui relevait de l'enfance et de ses cabanes suspendues dans les arbres ? On l'aura compris : j'étais content ; il existe, pour chacun de nous, un point de ravissement qui, même si la planète éclate, nous accorde à des joies folles. Ce point, je l'habitais.

Bien sûr, je n'ignorais pas que vivre dans une voiture m'exposerait très vite à quelques désagréments. Par exemple, où allais-je me laver ? Je n'avais pas encore envisagé la question. Je ne me faisais aucune illusion sur le confort, encore moins sur la possibilité *réelle* de dormir dans une voiture ; mais, ce soir-là, pas question de creuser mes soucis : ma joie était prioritaire.

Et puis j'étais concentré sur le papyrus, que j'avais dû laisser provisoirement sur le trottoir : ses tiges étaient trop hautes pour entrer dans la voiture. En attendant, je lui jetais de temps à autre un coup d'œil, afin de vérifier qu'on ne me l'avait pas volé. Ce papyrus m'inspire de l'amitié : j'aime sa minceur, sa fierté verticale ; il me rappelle les sculptures de Giacometti, ces silhouettes longues, aiguës, qui semblent se déplacer sur un fil. Comme elles, il vient d'autre part ; son élégance se déploie dans un monde entièrement étranger à notre folie.

En regardant le papyrus, je me disais : *il se tient de lui-même* — fais comme lui, considère ta solitude comme une forme de noblesse. Ne te laisse pas courber, ni impressionner par les vents contraires. Abreuve-toi au désert, il suscitera pour toi sa rosée.

J'ai fermé les yeux, ravi à l'idée d'avoir un tel compagnon de solitude. Puis j'ai sursauté : le papyrus n'était-il pas trop éloigné de la voiture ? Si quelqu'un venait à passer dans la rue, il l'embarquerait, c'est sûr ; un tel papyrus, abandonné sur un trottoir, ne peut qu'attiser la convoitise : les gens, paraît-il, s'en servent pour décorer leur salon.

Du coup, je suis sorti pour lui trouver une meilleure place. Contre le mur, pourquoi pas : il était en retrait, personne n'y ferait attention ; mais il avait l'air d'attendre le camion-poubelle, comme un vulgaire déchet. Plus près, c'était mieux : je pouvais le surveiller facilement ; mais il encombrait le trottoir, on ne voyait que lui. Je suis sorti plusieurs fois de la voiture afin de modifier sa position : aucune n'était satisfaisante ; à la fin, je l'ai carrément ajusté à la porte arrière ; ses feuilles s'écrasaient contre la voiture, certaines venaient jusqu'à ma vitre, comme un animal qui implore son maître de le laisser entrer.

La nuit commençait à tomber. En regardant vers les tours du quartier Saint-Blaise le ciel se colorer doucement de rouge, je me suis rendu compte qu'il y avait des mois, des années peut-être, que je n'avais pas regardé un crépuscule. Cette simplicité, je l'avais perdue. J'ai ouvert les yeux exagérément, comme si j'allais fondre sur une proie.

C'est ainsi que le spectacle de ce premier crépuscule à travers le pare-brise de la voiture m'a réveillé. Chaque fois que le soleil se couche, je ne désire qu'une chose : mettre fin au monde sensé. Je veux glisser vers ce fond d'étoiles qui rient dans le ciel et s'enivrent des épaisseurs du crépuscule. Je veux boire jusqu'au néant ces éclats rouges et noirs. Seule l'ivresse des étoiles m'arrache à la pesanteur du globe.

Je l'ai dit : cette première nuit, je n'ai pas fermé l'œil. J'avais reculé un peu le siège pour étirer mes jambes, et incliné le dossier afin de reposer ma nuque. J'étais emmitouflé dans ce manteau que je porte été comme hiver ; je fumais des cigarettes en ne pensant à rien. Ou plutôt si : je pensais à une phrase qu'une employée des Assedic m'avait dite quand elle avait appris que je n'avais pas de téléphone : « Mais vous n'avez pas le droit d'être injoignable ! » Maintenant que je n'avais plus d'adresse, *injoignable*, je l'étais complètement.

Et puis je pensais à cette ville autour de moi qui se consumait dans son inertie : n'avait-elle pas été longtemps la capitale de la contestation ? Le souvenir de Guy Debord et de l'Internationale situationniste m'a traversé avec la fulgurance d'une comète en flammes : ils avaient été les derniers, en France, à donner vie au mot « révolution » — à vivre celle-ci comme une liberté réelle. Depuis, tout s'était complètement tassé ; plus aucune âme ne flamboyait : la politique était morte, en même temps que la poésie. Le renoncement s'était emparé de cette ville, où chacun, peu à peu, s'était replié sur ses compromis, en simulant des désirs qui n'étaient déjà plus que le réflexe de consommateurs tristes.

Pourtant, il suffisait de peu pour rallumer la mèche. Le temps, ce soir, brûlait si fort qu'on sentait les rues trembler. Ce tremblement, j'y voyais un présage : n'était-il pas l'annonce que, précisément, *le temps revient* ? Les moments irréductibles d'une histoire restée en suspens réapparaissent toujours, comme des revenants ; et ce qui revient donne chance à une nouvelle époque.

Peut-être mon entrée dans la voiture me donnait-elle un peu de fièvre, et avec elle ces illusions qu'il est si facile de s'inventer quand on est seul. Mais non : ce dimanche d'avril clarifiait les choses, voilà tout. En écoutant le discours du « nouvel élu », j'avais compris que la ruine, pour se venger d'elle-même, ne rêve que de s'étendre ; et que sous les mensonges des gouvernements successifs, derrière leurs déclarations où la haine ne cherchait même plus à se dissimuler, palpitait encore et toujours ce vieux rêve de mettre tout le monde au pas, d'anéantir Paris et ses banlieues porteuses d'un si mauvais esprit — de détruire enfin ce qu'il est impossible de contrôler.

J'ai appuyé sur le bouton de la boîte à gants. La trappe s'ouvre avec une lenteur que j'apprécie. Une lumière bleue s'allume automatiquement. Elle veille sur ma solitude ; en un sens, elle témoigne de ma présence. Êtes-vous si sûr d'exister ? Trouvez-vous *normal* d'être en vie ? Pas moi. Je ne tiens pas mes battements de cœur pour une preuve : exister consiste en autre chose que la consommation des 750 grammes d'oxygène dont un corps a besoin chaque jour. Quant à cette minuscule lueur bleue dans la nuit, elle existe d'une manière irréfutable ; et, en existant, elle me gratifie d'une émotion qui procure à mon existence cette étincelle dont tout semble vouloir la priver.

Dans cette boîte à gants, il y avait les papiers de la voiture, un plan de Paris, et un livre : *En attendant Godot*, sans doute oublié là par mon ami d'Afrique.

27

J'ai allumé le plafonnier, il était 3 heures du matin, je me suis mis à feuilleter le livre. Tout de suite j'ai souri, car les phrases de Beckett s'adressaient à ma situation de manière judicieuse, comme si j'avais rendez-vous avec elles. L'un des deux vagabonds dit à l'autre : « Que faisons-nous ici, voilà ce qu'il faut se demander » : cette phrase me parlait car, franchement, passer la nuit au volant d'une voiture immobile, entre un papyrus et une petite lumière bleue, alors que mon enthousiasme se calmait un peu et que mon dos commençait à me faire souffrir, tandis que les bruits de la ville se réveillaient, que la moindre sonnerie, le moindre éclat de voix, le moindre crissement de voitures qui démarrent, freinent, accélèrent et me frôlent en passant rue de la Chine détruisaient le silence, et avec lui la patiente élaboration de mon calme, il y avait de quoi se poser des questions, ou au moins celle-ci : qu'est-ce que je fichais là ?

Mais Vladimir et Estragon eux-mêmes, les deux personnages de *Godot*, avaient trouvé la réponse, et elle était aussi valable pour moi que pour eux. En effet, ils entendaient des voix : Estragon parlait de « toutes les voix mortes » ; Vladimir et lui disaient qu'elles font un « bruit d'ailes », ou de « feuilles », ou de « sable ». Ils ne savaient pas exactement, mais ils étaient d'accord sur un point : « Elles parlent toutes en même temps. »

Je me disais : *Godot* agit sur moi comme sur d'autres le *Yi-king* — c'est un recueil de présages. Les voix qui commencent à se réveiller depuis que je suis entré dans la voiture, celles qui viennent d'une mémoire plus large que la

28

mienne et parlent le langage du refus, les deux réfractaires de Beckett me disaient qu'« il ne leur suffit pas d'être mortes » : ils me confirmaient que, pour les voix, *la mort n'est pas assez.* En trouvant quelqu'un qui les écoute, elles reprennent vie.

3

XXᵉ arrondissement

En quelques semaines, je suis devenu un autre. À force de m'ouvrir à l'« intervalle », j'ai cessé d'avoir des opinions, des « idées », des préférences culturelles. Je ne suis plus seulement Jean Deichel, ce type de quarante-trois ans taciturne qui touche les Assedic et n'en fait socialement qu'à sa tête : un étranger habite maintenant ce corps vêtu d'un sempiternel manteau gris, quelqu'un qui se fout complètement de l'« actualité », et n'est sensible qu'aux lisières, aux bordures, aux inflexions des nuages, aux herbes folles qui couvrent les derniers terrains vagues de Paris.

Un poète ? Je crois que le mot le ferait rire. Méfiez-vous : les solitaires ont peut-être du charme, mais aussi une dureté qui vous éloigne.

En abaissant la banquette arrière, j'avais aménagé la voiture avec un matelas, trouvé pour pas cher dans l'un des bazars du boulevard de Ménilmontant ; et maintenant, la nuit, je dormais. J'avais agrafé aux vitres des tentures sombres, et arrangé, au moyen de cartons, une séparation entre les sièges et ma couchette ; avec les boules Quiès, seul le passage des éboueurs et du camion-poubelle vers 6 heures me réveillait. Quelques emmerdeurs, de temps en temps, frappaient la nuit aux vitres. Les flics m'avaient une fois demandé mes papiers. Le papyrus avait disparu. Voilà pour les nouvelles.

Pour rester en forme, et pour me laver, j'allais tous les jours à la piscine des Tourelles. C'est gratuit pour les chômeurs, et puis c'est à cinq minutes, juste en haut de l'avenue Gambetta, après les réservoirs de Ménilmontant, dans cette zone occupée par des HLM de briques et des barres d'immeubles, où j'aime rôder parce que, tout au long du boulevard Mortier, les services secrets français y ont leurs installations, et parce que dans ma géographie intime, à cet endroit qui est l'un des plus hauts de Paris, brille le château de l'extravagant comte Le Peletier de Saint-Fargeau, aujourd'hui détruit, mais dont l'esprit se diffuse à cet étrange quartier où même les platanes qui bordent l'avenue ont l'air de spectres.

Après m'être rafraîchi chaque matin à la fontaine Wallace du square Vaillant, je prends mon café au comptoir des Petits Oignons, rue Orfila, puis je commence à déambuler au hasard des rues : j'arpente toute la journée le XXe arrondissement, à mes yeux le plus beau de Paris — le seul, peut-être, qui soit encore un peu vivant. Les rues n'y sont pas encore transformées en décor de film ; elles seront bientôt aseptisées, comme toutes celles de Paris, mais pour l'instant les touristes qui visitent le cimetière du Père-Lachaise ne s'aventurent pas plus loin : les guides leur disent sans doute qu'au-delà des tombes *il n'y a rien à voir*.

Et en un sens, c'est vrai : il n'y a rien — mais ce rien est une chance. Lorsqu'on est soudain exposé à sa solitude, on découvre une géographie. La solitude est un pays qui brûle. Ses flammes vous ouvrent les yeux, avec une transparence qui fait miroiter les journées.

Car j'ai perdu l'habitude d'employer mon temps : mes journées, mes nuits, forment une matière aride et fluide, absolument dénuée d'activités. Le désœuvrement vous fait entrevoir que rien n'est utile, et que sans doute l'utilité n'existe pas. Je ne suis plus que promenade ; et d'un bout à l'autre du quadrilatère formé par le XXe, gravissant, descendant chaque jour les trois collines qui le composent — celles de Charonne, de Belleville et de Ménilmontant —, j'élargis cette promenade : elle m'ouvre un passage.

Il n'est pas rare, quand on consacre six, sept heures par jour à marcher, qu'on franchisse certaines limites : celles de la fatigue, mais aussi des frontières plus occultes. En remontant la rue des Pyrénées, cette ligne qui serpente d'ouest en est à travers tout l'arrondissement, il m'arrive d'entrer dans un état où l'illumination se confond avec le désert : c'est une joie impersonnelle, elle semble *loin de tout*, à l'image de ces rues que j'arpente en tous sens, où souffle l'esprit des rôdeurs de barrière, des voies ferrées souterraines, des jardins ouvriers ; il me semble parfois qu'une forêt respire sous mes pas, et que des feuillages échangent leurs bruissements, là, sous le bitume, en pleine ville.

4

Les suicides

Cette nuit, je n'ai pas sommeil. Je suis au volant de la voiture et fume des cigarettes. Il y a des petites lumières dont les reflets dansent sur le pare-brise, l'odeur de la glycine qui déborde du jardin, et la nudité de chaque détail où brille une attente. J'ai entendu à la radio qu'en France le taux de suicide ne cesse de progresser ; ce ne sont plus seulement les pauvres ou les chômeurs qui se tuent, mais des employés de grandes entreprises, parfois même leurs patrons.

Une journaliste a dit, parodiant la mise en garde inscrite sur les paquets de cigarettes : « TRAVAILLER TUE » ; elle a fait remarquer qu'ils se suicident tous de la même façon : en se jetant par la fenêtre. Et c'est vrai : à Paris, Melun, Nancy, Toulouse, Nantes, Strasbourg, dans les tours des centres-villes ou dans les zones industrielles, tous ils sautent par la fenêtre.

J'ai pensé : ils manquent d'air, on les étouffe, il n'y a plus assez de place en eux pour respirer, alors ils cherchent un peu d'espace, ils ouvrent une fenêtre, et s'écrasent. C'est la fin de la journée, vers 19 heures, ils se sont un peu attardés au bureau, sous le prétexte d'un dossier à finir, les autres sont maintenant tous partis. Dans une heure, les employés de nettoyage arriveront. Rentrer chez soi ? Il arrive un moment où ce n'est plus possible, où plus aucun « retour » ne semble envisageable. Même l'expression « chez soi » vous paraît absurde, avec son goût de sable dans la bouche. Vous avez allumé une cigarette, vous avez peur que la fumée ne déclenche automatiquement l'avertisseur d'incendie, la vue depuis le bureau est aussi triste que le désert de cendres qu'il y a dans votre tête, vous jetez la cigarette à demi consumée par la fenêtre, il pleut comme d'habitude, vous allez être mouillé, le rebord glisse un peu, vous l'escaladez, votre corps tombe dans la pluie.

J'ai coupé la radio. Étais-je bien sûr que ma vie ne relevait pas elle non plus du suicide ? J'avais fait un autre choix, j'avais fui l'univers étouffant du salariat, mais sur quoi cette fuite ouvrait-elle ? Ce monde dont chacun veut faire son profit présente une faille ; et par cette faille ils s'introduisent pour mourir. Je me disais : on cherche tous cette faille, et en un sens moi aussi, comme les suicidés du travail, je l'ai trouvée ; moi aussi, une fin d'après-midi, j'ai ouvert une fenêtre et je me suis jeté. Mais, en sautant, je ne suis pas tombé : j'ai glissé à l'intérieur d'un vide — dans cet étrange intervalle d'où je vous parle.

Alors j'ai pensé que je n'étais peut-être pas réellement vivant, et que ma vie n'était qu'un suicide. Le jour où j'étais entré dans la voiture, où j'avais mis la clef dans le contact sans démarrer, en quelque sorte, je m'étais soustrait à la vie.

Après tout, j'aurais pu continuer à lutter avec les autres, avoir une « vie intéressante », comme ils disent, gagner de l'argent, faire des voyages ; et au lieu de cette solitude, au lieu du surplace anxieux où cette nuit je cherche à respirer, j'aurais obtenu quelques satisfactions. Oui, ce choix était vraiment un suicide, et pourtant je suis en vie, ma soif est grande, mes désirs immenses. J'ai sauté par la fenêtre, et en même temps elle s'ouvre devant moi : j'existe des deux côtés à la fois — comme si le vide pouvait se retourner, comme si le suicide pouvait s'inverser. Est-ce que *l'envers du suicide* existe ? C'est là que vivent mon corps et mes pensées, c'est là qu'ont lieu mes promenades.

On était samedi, presque une heure du matin. Des couples sortaient du restaurant indien au bas de la rue, avec des rires qui appelaient la fête ; ils allaient sans doute danser à La Bellevilloise, ou au café Chéri. J'avais allumé mon briquet, je regardais leurs silhouettes trembler à travers la flamme. Un ciel imprévu ruisselle d'étoiles qui vous serrent la gorge. L'instant se noie dans ses contours. Cette nuit, la voiture semble étroite, trop petite pour contenir la voracité du silence qui vous empoigne.

Tout à l'heure, à propos des suicides, la journaliste avait interrogé un jeune penseur, dont le dernier livre avait, paraît-il, fait scandale : il expliquait que l'effondrement des marchés était devenu l'horizon ordinaire du monde, et que la ruine affecterait désormais l'ensemble de la planète *pour toujours*. Qu'il n'y aurait rien d'autre que la « crise », parce que la « crise » était l'autre nom du monde qui vient. Que les prochains krachs ne seraient plus seulement boursiers, mais qu'ils feraient imploser nos têtes. Que les krachs seraient existentiels et psychiques. Que nos vies mêmes ne seraient que des krachs, et qu'elles ne faisaient que s'effondrer les unes sur les autres, comme des déchets. La journaliste trouvait que le jeune penseur exagérait : la vie n'était pas si horrible, toute cette noirceur lui semblait déplaisante, propre à décourager les auditeurs ; d'ailleurs, elle était si offusquée qu'elle avait demandé au jeune penseur de s'excuser auprès d'eux. Alors, pour toute réponse, il avait ri, d'un rire extraordinairement large, un rire de dément qui avait flotté seul sur les ondes pendant quelques secondes, comme si une brèche s'était ouverte pour le diable ; et ce rire aurait duré plus longtemps si la journaliste ne l'avait interrompu en envoyant de la musique.

J'étais maintenant porté par ce rire qui s'échappait de la voiture ; il filait en direction du square, tournait là-bas dans l'ombre autour des platanes, et voltigeait dans un ravissement discret où s'éclairait ma chance — alors, je suis sorti pour le suivre.

5

Ferrandi

À Belleville, j'entrai au Zorba et commandai une bière.
C'était le 4 juin. Je m'en souviens parce que, ce soir-là, j'ai
entendu parler pour la première fois du Renard pâle. Les
murs étaient verts, de cette « terne lueur verte du monde des
animaux » dont parle le *Bardo*. Les néons donnaient aux
visages une clarté de fantômes. Il y avait dans l'air une exci-
tation maladive, comme si la nuit s'était gavée de cocaïne.
Les hommes portaient la même veste noire, la même barbe
de quatre jours ; les femmes avaient l'œil allumé des man-
geuses d'hommes : chacun s'agitait dans une petite horreur
froide, que l'alcool anesthésiait. Des bêtes sauvages cou-
raient le long des murs, comme dans une grotte.

En cherchant une place, je suis tombé sur Ferrandi. On ne
s'était pas vus depuis des années, il me croyait mort, poussa
des cris de joie, et m'invita à sa table, où il me présenta sa
compagne Zoé, une grande fille brune au sourire enjôleur,
son ami Bison — le Bison —, un teigneux aux airs de boxeur
qui portait un bonnet, et Myriam, une jeune fille aux longs
cheveux roux, le visage très blanc couvert de piercings.

Tous étaient « artistes » : Zoé filmait des tas d'ordures, elle était passionnée par les déchets et parcourait les immenses dépotoirs qui encerclent Paris afin d'y réaliser ses vidéos ; le Bison « performait la destruction », *dixit* Ferrandi : c'est-à-dire qu'il égorgeait des poulets ou des lapins en public, puis suspendait leurs organes à un mur pour les « refaçonner en art » ; Myriam était peintre, elle avait décoré le Zorba et d'un geste timide désigna les murs : la frise d'animaux courant sur les parois, c'était elle — des buffles, des loups, des taureaux, des bouquetins, des antilopes et des fauves hallucinés de frayeur, noués dans un chaos de pigments ocre et noirs, où le vert menaçait, nauséeux, comme de la vase.

Ferrandi, quant à lui, s'était rendu célèbre dans la sphère de l'art contemporain en photographiant des caméras de surveillance ; elles avaient en gros plan l'énormité d'un masque de sorcier — et semblaient nous jeter un sort. Je veux, disait Ferrandi, renvoyer l'œil du contrôle à ses ténèbres occultes : à chaque coin de rue, dans la moindre boutique, dans les parkings souterrains, l'État policier, en quadrillant l'espace, cherche à nous envoûter. Dans l'œil métallique des caméras de surveillance, disait Ferrandi, se niche la maladie du politique, et quand le politique est malade, ce qui prend sa place, c'est l'envoûtement. Aujourd'hui, disait Ferrandi, nous sommes l'objet, en France, d'un envoûtement qui maintient chacun de nous dans la passivité infantile de la faute : l'œil braqué en permanence sur nos gestes nous rappelle qu'à chaque instant nous sommes virtuellement fautifs.

Je n'avais parlé à personne depuis un mois ; il y avait très longtemps que le soir je ne *sortais* plus. Mon corps s'était vidé lentement de toute parole ; en se concentrant sur un monde de nuances, il avait perdu l'habitude des autres. Ainsi l'agitation qui régnait au Zorba me secouait-elle les nerfs : tant de bruit déversé dans un lieu si obscur me faisait l'effet d'une avalanche.

Et puis, Ferrandi et ses amis buvaient comme des enragés. La table était couverte de bouteilles de vin rouge qu'ils avaient vidées ; maintenant ils commandaient de la vodka, des bières, de la tequila. Je me mis à boire avec eux. Très vite, je fus complètement ivre.

Ils se considéraient comme un groupe d'insoumis. Selon eux, il fallait s'organiser clandestinement pour résister au « nouvel élu », lequel n'était qu'un aberrant flicaillon qui ne voulait qu'une chose : instaurer un État policier où plus personne ne s'aviserait d'avoir un désir qui échappe à sa loi. Le Bison était si obsédé par le « nouvel élu » qu'il scandait son nom avec une passion louche. L'époque s'envenimait dans une fausse platitude qui appelait des actes extrêmes, et le Bison se disait prêt à affronter la police.

Zoé, militante socialiste, avait compris elle aussi qu'il était urgent de se radicaliser. Elle prit un air soupçonneux pour me demander dans quel camp j'étais : elle désirait sans doute voir mes papiers, lui répondis-je, mais je ne les avais pas sur moi.

Elle s'énerva, voulut savoir pour qui j'avais voté :

— Stirner.

— Qui ça ?

— Max Stirner.

Ferrandi éclata de rire :

— Marx le détestait, non ?

— Marx l'admirait.

Ferrandi déclara que la seule question consistait en effet à choisir entre l'anarchie ou la peur de l'anarchie. La situation allait bientôt exploser, car le monde s'était décomposé si vite, en Grèce, en Espagne, en Italie, et plus encore dans les pays arabes, que l'émeute était redevenue le moyen d'expression le plus naturel. Le capitalisme, disait Ferrandi, avait tout fait depuis un siècle pour rendre impossible la révolution, les communistes eux-mêmes avaient collaboré à ce complot en faveur de l'ordre établi ; mais après avoir tenté d'éliminer le prolétariat en l'utilisant comme main-d'œuvre sacrificielle pour les guerres mondiales, puis en inventant, à partir de 1945, le règne planétaire de la classe moyenne, le capitalisme, disait Ferrandi, avait cru accomplir enfin son rêve d'une société verrouillée dans sa norme.

L'un après l'autre, ils exposèrent leurs vues ; seule Myriam gardait le silence. Le Bison se penchait de temps en temps vers elle, et, sous la table, lui passait la main entre les jambes. Ferrandi, de son côté, ne cessait de descendre aux toilettes avec Zoé ; ils en revenaient tous les deux les yeux exorbités, reniflant comme des spectres. Ferrandi me proposa discrètement quelques cachets. Je flottais déjà dans une ivresse molle. J'acceptai.

Et tandis que le Bison racontait ses souvenirs du G8 de 2001 à Gênes, qu'il avait vécu comme une expérience historique fondamentale, je commençais à me sentir mal. Ce fut une extase affreuse. J'entendais des hurlements, je voyais passer entre les tables des choses gluantes, peut-être des méduses. Il y avait partout des os, de la moelle, du sang. En même temps, j'étais délivré de toute angoisse. Je riais tout seul, abruti par la vodka. Les animaux tournaient dans la nuit, comme des créatures de féerie. Les ombres allument la fièvre. Des chevaux, des cerfs, des perdrix rouges frôlaient nos verres. À travers mon extase, je rejoignais la frayeur des animaux ; je courais avec eux le long des murs et, dans cette ruée de souffles où vous accueille un silence cru, je fermai les yeux.

Avec l'alcool, j'allais d'autant plus vite à l'abîme que l'ivresse n'avait pas besoin de se réveiller : depuis un mois, je vivais dedans. Cette nuit, je ne faisais que m'ébrouer dans un monde que mon isolement avait mis à l'envers.

Le Bison ne s'arrêtait plus de parler du G8 : là, disait-il, des forces en présence s'étaient affrontées, et le monde avait vu qu'un partage existait réellement entre une contestation et une répression : c'est-à-dire qu'il y avait un *autre monde*.

La vodka, les pilules de Ferrandi m'enflammaient la tête. Je souriais niaisement. Je n'arrivais plus à me concentrer sur les paroles du Bison : le rire du « jeune penseur » — ce rire dans la voiture qui m'avait transporté jusqu'ici — brûlait la conversation. Avec lui, je ne pouvais plus adhérer à rien : la moindre parole se consumait, les mots se brouillaient comme des cendres folles. Le rire assouvit une soif qui n'a pas d'objet. En lui gicle un bonheur où le diable repose. Je buvais, je riais, la tête renversée vers les animaux.

Zoé voulut savoir ce que je pensais *au fond*. Mon attitude l'agaçait. Elle s'approcha de moi et me questionna sans relâche : Étais-je un provocateur de droite ? Un partisan de l'inaction ? Un de ces sales types qui profitent de la société sans rien faire pour la changer ?

Ses petites mâchoires se contractaient, son regard était devenu froid, une légère satisfaction faisait trembler ses lèvres. Je me disais : Zoé est une professionnelle, elle pense *vraiment* que nous vivons un moment de vérité :

— Pour qui as-tu voté ?

— Pour personne.

— Tu n'as pas voté ?

C'était comme si je l'avais insultée. Elle n'en revenait pas : quelqu'un qui ne vote pas, à ses yeux, n'était qu'un traître. Il était inconcevable qu'on puisse *vouloir* ne pas voter. Comment était-il possible qu'on ne désire pas profiter de cette chance que la démocratie nous offrait ?

J'ai grommelé quelque chose. Elle m'a demandé de répéter. J'ai eu un bâillement.

Alors elle s'est jetée sur moi et m'a agrippé le col en levant son poing : c'était à cause de gens comme moi qu'on avait une crapule au pouvoir, je n'étais qu'un irresponsable, il faudrait qu'un jour on puisse obtenir vengeance contre des types dans mon genre, l'abstention était un crime, il faudrait faire passer devant un tribunal tous ceux qui ne votent pas, les juger pour crime contre la démocratie.

J'avais une phrase en tête ; je ne me souviens plus si je l'ai prononcée. Ça m'étonnerait : cette nuit-là, j'étais enroulé dans un rire qui m'emportait loin de toute parole, et rien ne me semblait plus profond que ce rire. Mais je me souviens de la phrase : *La politique mange les corps qui ont encore la faiblesse d'y croire.* Cette phrase définit ce que je pensais à l'époque. Peut-être vient-elle aussi du rire du « jeune penseur », peut-être n'est-elle que cela : l'expression d'un rire ; et pourtant, rien n'est plus sérieux.

6

Myriam

Le Bison me faisait la gueule, par solidarité avec Zoé. Quant à Ferrandi, il s'en foutait : il ne pensait qu'à descendre aux toilettes. Le silence de Myriam offrait un peu de profondeur à cet espace où nous étouffions. Je contemplais son visage avec une joie complice : ses paupières nous indiquaient un monde où la somnolence est désirable.

Il me semblait, cette nuit-là, que l'ivresse était la seule politique. L'existence, me disais-je, consiste à s'accorder à ce point où tout glisse dans l'oubli ; à partir de cet oubli, les choses renaissent, une à une, comme neuves. Tout *retarde*, sauf l'ivresse et le silence, qui effacent la lourdeur humaine.

Le Bison et Zoé parlaient avec Ferrandi, je crois qu'ils m'accablaient de reproches. Je n'écoutais plus : depuis le début, Myriam n'avait cessé, avec lenteur, de m'apparaître comme si elle descendait un escalier au ralenti ; à présent, elle était devant moi : je la voyais en gros plan. Je pouvais détailler ses taches de rousseur, boire dans son décolleté, lécher ses doigts aux ongles vernis rouges, et m'enrouler voluptueusement dans son absence.

J'étais en érection, comme dans un rêve éveillé. Voici que je tombais doucement à la renverse, entre un bison foudroyé et un rhinocéros évasif. Il me semble que cette chute avait valeur d'offrande, et que les morts s'esclaffaient dans nos verres.

Myriam avait-elle compris : elle me regardait maintenant avec curiosité. Je crois qu'elle venait juste de remarquer ma présence. Ses yeux dans la nuit creusaient une tristesse qui échappe aux grands mots. Je m'aperçus qu'elle était ivre, elle aussi — plus encore que chacun de nous.

Sur l'un des murs, immobile, un petit chacal m'apparut. Il semblait extérieur au troupeau et levait sa tête vers le ciel.

J'interrogeai Myriam : il s'agissait d'un animal sacré, dont elle avait trouvé l'image dans un livre sur les Dogon ; il est peint, quelque part au Mali, sur les falaises de Bandiagara — on l'appelle le Renard pâle.

Elle se souvenait vaguement qu'il représentait la rupture ou l'autonomie : c'était le mauvais fils, il avait tué son père, sa danse célébrait la mort de Dieu.

Myriam n'en savait pas plus, mais déjà une évidence m'attachait à lui. À travers ce petit renard aussi blanc que la peau de Myriam, un dieu furtif nous observait. Est-ce que sa présence, si fluette, relevait de la menace ou de la protection ? J'avais l'impression que grâce à lui nous échappions à l'enfer.

Ferrandi s'est mis à me parler de Houellebecq, de la crise, et de l'asservissement qui avait pris ces dernières années la forme d'une maladie mondiale. Il n'y avait plus qu'un trou à la place du monde, disait Ferrandi — et ça, Houellebecq l'avait très bien vu. Ce trou, chaque humain sur terre y tombait ; cette chute prenait des formes diverses, et au fond l'art n'était qu'une manière de décrire une telle chute.

J'avais repris un peu conscience. Je répondis à Ferrandi que Houellebecq décrivait avec perfection le rabougrissement des sociétés humaines vers le trou, mais qu'il se trompait en ne voyant dans ce trou qu'une blessure qui suscite le malheur. Crois-moi, dis-je à Ferrandi, il y autre chose dans l'abîme : *le trou est autre* — il est une chance.

J'ajoutai :

— Houellebecq a tort, puisque j'existe.

Il me semble qu'à partir de là tout est devenu glissant. J'ai perdu de vue le Bison et Zoé. Ferrandi s'est mis à tituber au ralenti entre les tables. Myriam était à mes côtés, je lui suçais les doigts.

Une suite de chevaux bruns court sur la paroi ; leur bouche allongée de pigments noirs crie du fond de cette caverne que la soif est plus forte que le désir d'y voir clair — ou que la clarté n'est jamais qu'une soif. Une telle ivresse agrandit l'instant jusqu'à la mort. C'est elle qui crie dans nos verres, elle qui fait courir les animaux. Le Renard pâle précède les chevaux ; il chante entre les jambes de Myriam, qui descend aux toilettes.

Je la suis en titubant. Le bruit de ses hauts talons dans l'escalier appelle ma chance. Elle tient sa vodka dans une main, de l'autre s'accroche à la rampe de l'escalier ; je me suis glissé derrière elle, ses courbes sont chaudes : nous descendons chaque marche ensemble. Des étoiles scintillent dans la lueur verte.

Myriam est entrée dans les toilettes, elle se retourne vers moi, s'appuie contre le lavabo. On s'embrasse comme des frénétiques. Je dégrafe son chemisier : elle a de beaux seins roux — une poitrine *renarde*. Je glisse deux doigts dans sa bouche, qu'elle suce en fermant les yeux. Son corps se cambre et, de la main droite, je remonte le long de ses cuisses. J'écarte sa culotte, je lui mets les doigts. Elle me pétrit bien la queue à travers le pantalon. Cette nuit, malgré l'alcool, j'ai une gaule de prince.

Cet instant, où, jupe relevée, soutien-gorge dégrafé, une femme vous offre sa nudité, suspend les récits. Êtes-vous *là* ? Le déchaînement appelle des baisers qui répondent à cette faveur.

J'étais hors de moi et lui léchais la gorge. La peau est si tendre à cet endroit, elle frémit si doucement qu'on glisse du baiser vers la morsure. Ses doigts cherchent, elle me débraguette. Je vais mordre ses seins, et noyer ma fièvre dans une plaie. Sa main est chaude, elle branle bien. Puis d'un coup ça s'arrête, elle me repousse : la silhouette du Bison passe dans le couloir. Nous a-t-il vus ? Il cherche les toilettes hommes. Je salue Myriam et remonte l'escalier en trombe.

7

Comme un chien

Je suis sorti du Zorba en courant. Les platanes sur le boulevard étaient frais. J'ai éclaté de rire. Moi aussi, j'étais frais. La nuit respire avec joie. Il était 4 heures du matin. Ma queue sortait du pantalon. Je courais, hilare, le long du boulevard de Ménilmontant, avec la bite à l'air.

La nuit m'ouvrait dans sa vitesse à ce calme où l'univers blottit sa rage. Y a-t-il quelqu'un ? C'était bon de courir ainsi dans une immensité vide. En quittant précipitamment le bar, j'avais quitté avant tout le monde parlant : celui que le tourbillon des planètes regarde avec pitié. Dans une ville, seuls les arbres s'accordent au vertige que le ciel offre au monde : ils développent dans l'espace une exubérance qui, cette nuit, absorbait mon rire. Le silence de 4 heures du matin ne fait qu'un avec l'ivresse du ciel ; chaque mouvement de l'univers se confond avec le sang qui pulse dans la bouche.

Au carrefour du Père-Lachaise, je croisai un chien. Il était noir, du genre chien-loup. Il semblait épuisé et, après m'avoir jeté un coup d'œil, il s'engagea dans l'avenue

Gambetta, du côté du square de Champlain, dont il longea les grilles. J'allais moi aussi dans cette direction, comme si je *suivais* le chien. Et c'est vrai, j'avais la sensation que ce chien me précédait — il m'indiquait le chemin, ouvrait un passage pour moi. Lorsqu'une silhouette dans la rue existe vraiment et qu'elle attire le regard, sa route vous concerne. Il m'arrive ainsi de me concentrer sur le tracé d'une femme aux yeux vifs, de suivre la claudication d'un homme hanté, de partager cette effervescence que suscite l'apparition d'une créature fiévreuse, d'écouter la moindre flamme qui détourne la journée de son *utilité*. Privé de destin, le monde ne vaut pas mieux qu'une algue ou un tesson. C'est pourquoi la moindre occasion de déranger son ordre est si bouleversante : ceux qui se faufilent entre la fuite et le refuge ont deviné que la présence n'est qu'un exil, que rien d'autre n'existe que cet exil où les animaux, en effet, nous précèdent.

Le chien perdait du sang. Il s'arrêta, place Gambetta, devant la bouche de métro et renifla une poubelle. Nous montâmes encore, il haletait, je restais à deux pas derrière lui. De temps en temps, il se retournait vers moi, et sans doute était-il très faible : il ne pouvait ni fuir ni s'approcher. Bizarrement, le haut de l'avenue Gambetta n'était pas éclairé. Seule la grande masse de l'hôpital Tenon se dressait dans la nuit, toute blanche, comme un mirage. On a croisé la rue de la Chine, la voiture était toujours là, avec son dôme de glycine, tout enveloppée de pétales. J'avais très envie de m'installer au volant, d'ouvrir la boîte à gants et de jouir de la petite lumière bleue, mais j'ai continué à suivre le chien.

Il montait vers Saint-Fargeau, et puis brusquement il a pris à droite la rue Darcy et s'est dirigé vers ce terrain vague, légèrement surélevé, qui abrite les réservoirs d'eau des Tourelles. Il s'est glissé facilement entre les grilles. J'ai trouvé un endroit où les poubelles s'entassaient : en grimpant, j'ai pu sauter par-dessus le muret. Est-ce que quelqu'un se souvient qu'ici, aux Tourelles, dans ce quartier désert du XXᵉ arrondissement, il y a eu un camp d'internement où la République française, à partir de 1941, a entassé ce qu'elle nomme les « indésirables » : républicains espagnols, combattants des Brigades internationales interdits dans leurs pays, réfugiés d'Europe centrale fuyant le nazisme, résistants communistes et gaullistes, femmes juives déportées vers Auschwitz ?

Lorsqu'on marche dans Paris, on s'imagine qu'on se promène, mais on piétine surtout les morts. Seul un sorcier pourrait raconter l'histoire secrète de cette ville.

Le chien était couché dans l'herbe, son souffle s'était accéléré. Il ne fit aucun mouvement quand je le rejoignis ; son œil était craintif, mais en même temps lointain. Je m'allongeai à ses côtés. L'herbe était humide et sentait la pluie. J'approchai doucement ma main vers sa gueule. Il gémit. Je le caressais en chuchotant. Sa langue tressautait dans une coulée de salive. L'herbe était baignée de sang.

Au moment de mourir, les animaux ont une voix. Il paraît que celle des humains vient de là ; en un sens, notre voix est la mémoire de la mort des animaux. La distance parcourue à travers les mots appelle une nuit où les distinctions n'ont plus lieu. Le chien avait commencé à râler. Allongé contre lui, je perdais conscience. Cet univers de salive et de halètements est chaud : j'étais absorbé par ce râle qui vient de très loin, par l'effrayante douceur qui, en lui, appelle le sommeil. Étais-je rattrapé par la meute qui au Zorba peuple les murs ? Les battements de cœur du chien, je les entendais dans mon ventre.

Le dernier souffle d'un animal se donne comme une parole enfin transparente. Ce moment divin qui meurt en chacun de nous, et que nous croyons effacé par l'obligation de survivre, recouvert par les commodités, j'ai cru le sentir passer dans un souffle : il palpitait comme un éclair dans la gorge du chien. Est-ce qu'un éclair peut se transmettre ? Ma tête était si près de la gueule du chien qu'il me semblait que j'avalais ses convulsions. Je m'étais *abandonné* — entièrement ouvert. J'ai allongé mon bras pour entourer le chien. Dans son agonie, il répandait son souffle. Ses mâchoires se sont crispées, sa langue a cessé de s'agiter.

Le sang versé vous soustrait à la logique, ceux qu'il attache ne disent plus *moi* : le chien et mon corps se substituent.

Couché dans l'herbe à ses côtés, j'ai compris qu'en mourant ce pauvre chien me faisait cadeau d'une voix que seul le silence est capable d'accueillir, un silence qui se passe très bien des vivants, et qui pourtant n'appartient pas à la mort : un silence qui brûle les frontières de l'esprit.

Voici les premières lueurs, l'horizon vers la porte des Lilas s'éclaire doucement, le ciel est orange, rouge. J'avance ma main vers la plaie du chien. Son sang est visqueux. Je m'en frotte le visage, les joues, le front, le menton. Je le porte à ma bouche et ferme les yeux. Je vais dormir maintenant. L'herbe remue, il fait jour. *Le chien est passé en moi.*

8

Impasse Satan

Je raconte les choses comme elles sont arrivées. J'essaie de n'oublier aucune étape, afin que vous compreniez comment j'ai rencontré les Renards pâles. Qu'une telle rencontre soit possible à une époque aussi *fermée*, voilà qui étonnera ; mais j'y vois une certaine logique, car de multiples signes l'ont précédée qui la rendaient inévitable. J'essaie ici de retrouver chacun d'eux, et de clarifier leur enchaînement : ce récit est l'histoire des signes qui mènent aux Renards pâles.

Quelques jours après le Zorba, j'ai fait une découverte. J'étais beaucoup resté dans la voiture, je pensais au petit renard des Dogon, à mon papyrus, à Myriam, dont je n'avais pas les coordonnées. J'allais l'après-midi m'allonger sur une pelouse des Buttes-Chaumont. Le matin, j'explorais le quartier avec une minutie d'ethnologue. Je restais parfois immobile dans une rue, captivé par un bouquet de nuances dans le ciel, par la beauté de l'architecture ouvrière de la Mouzaïa, par une soudaine perspective, vers Télégraphe, où les formes et les couleurs vous sourient.

Un monde de détails élargit la clarté : mon existence ne tenait plus qu'à un fil ; en elle une légèreté se consumait *pour rien*. Je baignais dans le silence, au bord de l'hébétude.

On confond le « temps libre » avec l'oisiveté, mais le temps a toujours été libre : rien n'est plus libre, plus *loisible* que le temps ; ce sont les humains qui le gâchent, en le remplissant de leur cafouillage. Est-il possible d'habiter le vide ?

Je me levais de plus en plus tôt. Vers 6 heures, le camion-poubelle entre dans la rue de la Chine. Je suis réveillé par les concierges qui traînent les grandes poubelles vertes sur le trottoir. J'ouvre la porte arrière, je descends, j'aère la voiture et plonge mon visage dans la glycine, puis j'allume ma première cigarette. En général, mes affaires de piscine sont déjà prêtes. Je prends le sac, vais boire mon café au comptoir des Petits Oignons, où je lis la presse, puis me dirige vers la piscine, qui ouvre à 7 heures.

Ce matin-là, les Petits Oignons étaient fermés. J'ai décidé d'aller prendre mon café dans un autre quartier : au Violon Dingue, un nouveau bar que j'avais remarqué rue de Bagnolet, vers le métro Alexandre-Dumas.

C'est là que j'ai découvert l'inscription.

Connaissez-vous l'impasse Satan ? Elle est située dans le bas du XXᵉ, au cœur du quartier de Charonne. Elle existe vraiment : juste à côté, on trouve le passage Dieu. Quand je suis tombé, ce matin-là, sur l'impasse Satan, je m'y suis engagé par curiosité. J'attendais peut-être d'avoir une illumination noire, ou de faire l'expérience d'un maléfice.

Il n'était pas encore 7 heures. Devant l'épicerie Ed de la rue des Pyrénées, quelques minutes plus tôt, je venais de voir quatre hommes, avec de gros sachets plastique, fouiller les poubelles en silence. Il faisait chaud déjà, mais ils portaient tous des parkas, et certains avaient mis la capuche. Avec le silence, leurs gestes paraissaient minutieux : ils triaient les ordures avec soin, comme s'ils ne voulaient pas déranger l'ordre des déchets. À un moment, l'un d'eux a sorti de la grande poubelle verte quatre steaks hachés sous cellophane, il les a fait passer aux autres, chacun en a glissé un dans sa poche, puis ils ont tout remis en place, ont refermé les poubelles avec lenteur, et se sont volatilisés.

En entrant dans l'impasse Satan, j'ai allumé une cigarette. La lumière était forte, elle m'a ébloui. Rien — il n'y avait rien qu'une cour pavée, des portes, des fenêtres ; mais quelque chose est apparu, là-bas, contre le mur, au fond : une inscription. À la peinture rouge, en grosses lettres rouges qui brillaient :

LA SOCIÉTÉ N'EXISTE PAS

Je me suis approché, j'ai souri. C'est vrai, cette phrase est très juste : la société n'existe pas — elle n'est rien : juste un ordre auquel chacun obtempère par habitude, par crainte d'être exclu ou de tomber dans la misère.

En même temps, je sentais bien qu'une telle phrase ne disait rien de neuf, elle était presque facile : car la société existe, tout le monde le sait — la société, il n'y a plus qu'elle, partout, elle s'est emparée de l'ensemble de nos gestes et de nos paroles, de nos emplois du temps, de nos espoirs. Elle a tout pris, nous a dépouillés, c'est elle maintenant qui vit à notre place : plus rien ne vit en chacun de nous que cette voix ronronnante et terrible qui est celle de la société.

C'est pourquoi l'inscription sur le mur de l'impasse Satan, je l'entendais comme un défi. J'ai pensé : quelqu'un, cette nuit, a tracé cette phrase. *Il y a quelqu'un* — ce quelqu'un est parmi nous, peut-être même est-il chacun de nous. J'ai pensé, ce matin-là, face à une phrase qui affirmait aussi fièrement l'inexistence de ce qui nous étouffe, qu'on me rendait le sens de ma solitude : *quelqu'un* en moi se réveillait — et ce réveil à son tour réveillait des forces qui n'étaient plus employées depuis longtemps.

Et puis, sous l'inscription, il y avait le dessin d'une tête étrange. Une sorte d'épouvantail : cancrelat de sortilège, poisson-sorcier. En tout cas, cette tête, elle semblait me jeter un sort — il y avait du vaudou dans l'air. Du coup, l'inscription prenait l'aspect menaçant d'un rite.

C'est le rapport entre la tête et la phrase qui m'a bouleversé. Des graffitis, il y en a des centaines sur les murs de

Paris. La plupart sont insignifiants, ils se contentent de répéter des slogans révolutionnaires vidés de leur substance, comme s'il suffisait de proférer une formule un peu cinglante pour renverser le sens du monde.

Mais là, impasse Satan, j'ai compris tout de suite qu'il s'agissait d'autre chose : c'était un signe. Ce signe n'avait pas besoin d'être largement partagé, il s'adressait à quelques personnes, il était tracé pour les avertir. De quoi ? Je l'ignorais, bien sûr. Mais je frissonnais de joie : cet appel, mon corps tout entier était désireux d'y répondre, comme si, depuis longtemps, il n'avait attendu que lui, comme si une force inconnue me poussait en avant, vers un objet dont je ne savais rien.

Si je vous dis que les événements qui ont retourné le pays sont partis de ce grigri dessiné sur un mur de l'impasse Satan, vous ne me croirez pas. Et pourtant c'est vrai : la première manifestation des Renards pâles, c'est ici qu'elle a eu lieu.

Je le précise, parce que les récits qui depuis ont été faits de leur aventure, les multiples enquêtes journalistiques qui ont tenté de reconstituer notre insurrection, omettent tous cette origine. Pour une raison très simple : ils ne peuvent pas la connaître. Considérez donc mes remarques, et ce que raconte ce livre, comme une contribution à l'histoire *réelle* des Renards pâles.

9

Godot

J'ai recopié le dessin et l'inscription sur un bout de papier. Avec un bout de scotch, je les ai accrochés au rétroviseur. Ainsi, chaque fois que j'ouvrais les yeux, je lisais : « La société n'existe pas. »

C'était vers la mi-juin. Une lumière d'été traversait la ville comme un feu calme. Les feuillages, les bancs, les jardins, les visages, tout s'enroulait dans une clarté souriante. Le silence était devenu mon élément. Je vivais là, enveloppé dans une fraîcheur mauve. Je cherchais qui étaient ces anarchistes qui s'expriment depuis l'impasse Satan.

Quand je sortais de la voiture, je décrochais le bout de papier et le glissais dans la poche intérieure de mon manteau. Ainsi, en déambulant dans les rues de Paris, je l'avais toujours sur moi : je pouvais m'imprégner de son esprit ; et, à force d'y concentrer mes pensées, je parviendrais peut-être à m'incorporer son énigme.

Certains soirs, il m'arrivait de montrer le dessin : un type au comptoir des Petits Oignons y a vu un poisson-chat, une sorte de silure, avec ses barbillons ; un autre m'a dit :

c'est une tête de sorcier, elle conjure une faute, le monde n'est-il pas une faute ?

Moi, j'y voyais un dieu. Rien de ce qui est commun ne semblait animer sa figure : elle venait d'ailleurs. Je me disais : un tel être a franchi les limites, il n'appartient ni aux vivants ni aux morts — il *n'appartient pas* ; et peut-être vient-il précisément dire aux humains que l'appartenance n'existe pas.

Je me souviens d'une phrase lue dans un livre sur le taoïsme. Je l'avais apprise par cœur, comme des centaines d'autres ; et au cœur de mon vide, depuis mon entrée dans la voiture, toutes ces phrases commençaient à revenir. Celle-ci disait : « Celui qui est apte à prendre soin de sa vie ne rencontrera dans ses voyages ni rhinocéros ni tigres et, dans les combats, n'aura point à détourner de lui les armes. Un rhinocéros ne trouverait en lui nul endroit pour enfoncer sa corne, ni un tigre où planter ses griffes, ni une arme où pénétrer son tranchant. Et pourquoi donc ? Il n'y a point en lui de place pour la mort. »

Existe-t-il, ce point à partir duquel la société n'entre plus en nous ? Certains soirs, dans la voiture, alors que l'« intervalle » m'emportait dans ses spirales, ou après plusieurs heures de marche, je sentais que plus rien n'avait prise sur moi. Oui, pour peu qu'on tourne sa vie vers ce qui l'élargit, on se met à exister d'une manière qui se substitue aux normes. Alors, durant un instant, *il n'y a plus de place en nous pour la société*. Cet instant peut-il prendre la forme d'une vie ? Je le pensais alors.

On était donc vers la mi-juin. Ce soir-là, il s'est passé une chose importante. Si je me souviens bien, j'ai d'abord allumé la radio, il devait être 22 heures, c'était une émission politique. L'éditorialiste d'un hebdomadaire pérorait contre les assistés : selon lui, tous ceux qui n'avaient pas d'emploi coûtaient très cher à la société, ils étaient en train de devenir un danger pour l'équilibre du pays. Il proposait une chasse aux désœuvrés : il fallait tous les forcer à travailler, il a employé le mot de « rééducation » ; n'importe quel métier ferait l'affaire, disait-il : « Balayeur, c'est très bien : qu'ils ramassent un peu la merde des gens qui travaillent, et ils comprendront. » Comprendre quoi, je l'ignore, mais tous les autres ont ri. Un peu plus tard, le même éditorialiste de cet hebdomadaire dont j'avais toujours cru qu'il était à gauche a dit : « Quelqu'un qui ne travaille pas, c'est quelqu'un qui fait baisser mon pouvoir d'achat. »

J'ai éteint la radio. Des maisons brûlaient dans ma tête, des voitures, des rues, la Seine était en flammes. Si l'on retient son souffle en comptant jusqu'à sept, la respiration qui vient échappera au démon. Mais, cette nuit-là, je n'ai pas réussi à chasser les phrases de l'éditorialiste. Je me disais : tu vois, la société existe, tu n'es pas encore prêt à rencontrer son contraire.

Cette nuit-là, je n'ai pas dormi. Je suis resté au volant, à boire de la vodka et à fumer des cigarettes. Il y avait dans l'air une douceur presque déchirante. Vers 3 heures, la nuit, les arbres sont nus. Cette nudité-là vous tire des larmes, comme si vous tombiez amoureux. La nudité des arbres creuse un trou dans l'univers où les humains croient exister ; elle déjoue leur connerie.

J'avais ouvert la boîte à gants pour que la petite lumière

bleue m'éclaire ; elle donnait à mon poisson-sorcier un air de lune.

À un moment, vers 3 ou 4 heures du matin, j'ai sorti de la boîte à gants le livre de Beckett, et je l'ai ouvert au hasard. Estragon dit : « On trouve toujours quelque chose, hein, Didi, pour nous donner l'impression d'exister ? » J'ai éclaté de rire. Vladimir répond : « Mais oui, mais oui, on est des magiciens. » J'ai eu un fou rire. Certes, le grand art est toujours drôle, mais je crois bien que j'étais complètement pété. J'ai levé ma flasque de vodka à Beckett et aux magiciens. C'est alors que le nom de Godot m'a semblé une évidence. Après tout, ces deux-là, qui attendent on ne sait quoi, donnent bien des noms aux arbres, à l'obscurité, à la fatigue, aux faiblesses ; ils reconnaissent qu'il existe des nuits, des rêves, des pantalons, des carottes, et peut-être même une route. Alors, j'ai pris dans le livre le nom de Godot, et je l'ai donné à mon poisson. J'ai dit : « Au nom de l'anarchie, je te baptise. » Je l'ai aspergé d'un peu de vodka, j'ai dit : « Je t'aime, Godot », puis je crois que j'ai sombré dans le sommeil.

10

Ecce homo cadaver

Un cri m'a réveillé. J'ai ouvert la porte. J'avais de la cendre partout, la chemise trempée de sueur, la vodka s'était renversée sur mon pantalon, j'ai titubé sur le trottoir. Le camion-poubelle était arrêté un peu plus haut dans la rue, un type hurlait, il y avait un boucan de cauchemar, des stridences, une sirène de police, des phares qui clignotaient comme un animal affolé. J'ai couru en direction du camion. Les éboueurs s'agitaient en tous sens, au milieu d'un amoncellement de sacs d'ordures éventrés : ils marchaient dedans, et la rue n'était plus qu'une décharge puante, un flot d'immondices.

J'ai pensé qu'un des conteneurs s'était renversé, mais des pompiers essayaient d'extraire quelque chose du camion ; ils jetaient précipitamment les déchets sur la route, l'un d'eux avait même grimpé dans la benne, et se frayait un chemin parmi les détritus.

Les feux rouges des sirènes, les vêtements verts et jaune fluo des éboueurs clignotaient avec une violence qui m'éblouissait ; ils donnaient à la scène un caractère monstrueux.

Au milieu de la benne, le cylindre qui broie les ordures était arrêté, béant comme la gueule d'une baleine. Des morceaux de plastique s'accrochaient à ses dents. J'ai compris qu'il y avait un homme là-dedans.

Je l'ai dit : l'absence, chez moi, est une seconde nature. J'ai passé ma vie à m'absenter. Au cœur de l'absence rayonne une vérité que la vie quotidienne récuse, parce qu'elle est cruelle. Mais qu'on le veuille ou non, cette vérité nous tient en joue : à chaque instant, nous sommes la cible. Je me suis toujours astreint à loger dans le vide, parce que alors on est tout près de cet effroi ; et que cette proximité, en un sens, me protège.

Mais quand le vide se retourne, ce que vous redoutez se dévoile ; et comme vous êtes aux premières loges, ça vous saute à la gueule.

J'ai pensé : une mâchoire.

Le monde est plein de mâchoires.

Parmi les déchets qui tombaient de la gueule du camion, on a vu un pied, ou plutôt de la bouillie de pied.

Aussitôt, la scène s'est refermée : les pompiers, les flics ont dressé des barrières et nous ont éloignés.

J'ai rejoint les éboueurs qui se tenaient contre un muret, à l'écart. Parmi eux, il y a deux jeunes Noirs, Issa et Kouré, que je connais un peu : certains matins, je les attends sur le trottoir pour fumer avec eux une cigarette ; nous nous plaçons sous le cerisier, que nous appelons pour rire l'« arbre à palabres ».

Ils étaient là, assis sur le trottoir, avec leurs collègues, la tête enfouie dans les mains ; ils pleuraient. On m'a expliqué qu'un homme était écrasé dans la benne, un sans-abri qui s'était endormi dans l'un des conteneurs ; ils sont de plus en plus à y trouver refuge, a dit l'un des éboueurs : la plupart du temps on jette un coup d'œil avant, mais parfois ils sont couverts par les sacs, surtout l'hiver, et là l'équipe du matin n'avait pas eu le temps de faire la vérification, a-t-il dit, ils avaient guidé comme d'habitude le déplacement du conteneur jusqu'au-dessus de la benne, et, lorsque celle-ci s'est ouverte, ils ont vu, parmi les ordures, le corps d'un homme tomber, et il y a eu un hurlement, mais c'était déjà fini, a-t-il dit, parce que les bennes de ce genre-là réduisent tout en pièces. Le chauffeur a aussitôt arrêté le mécanisme, mais c'était trop tard.

11

L'horreur

L'image du pied tranché me poursuivait. Je ne pouvais plus fermer les yeux sans qu'il surgisse et me saute au visage, alors je ne fermais plus les yeux. Cet homme dormait à quelques mètres de moi, et il n'en reste rien. Mort? Je ne sais même pas si l'on peut employer ce mot. Déchiqueté, broyé, concassé. Traité comme un déchet. Quand je pense à lui, il m'est impossible de voir un homme. Je suis hanté par autre chose qu'un homme : par l'idée même qu'un homme puisse être jeté à la poubelle, qu'on le balance au vide-ordures, qu'il se mêle aux résidus. Je me mets à penser que le traitement des déchets remplace la mort ; et que cette substitution est le destin même des corps.

Et puis très vite cette pensée me dégoûte, comme si je philosophais. Comment faire pour interrompre la pensée ? J'ai beau être dévasté par ce que j'ai vu, mes pensées ne s'arrêtent pas. Elles s'emparent de cet homme qu'un camion-poubelle a avalé, comme s'il n'était qu'un prétexte à cogiter ; elles ne peuvent pas s'empêcher de combler tout de suite le vide, et de mettre des mots sur ce qui les supprime.

Je vacille, bouche ouverte. La raison se brise au contact de cette évidence : il y a quelqu'un, puis il n'y a plus rien. Ce quelqu'un, je ferme les yeux pour le voir, mais je ne vois rien. Pas même un homme : un pied ; pas même un pied : un moignon — une agglutination de sang — un bout de viande abandonné. La misère des orteils, ce pauvre rebut d'ongles à l'extrémité de l'animal humain.

Je reste la nuit au volant, immobile. Je me saoule, je fume. Mon esprit s'abrutit dans un cauchemar qui flotte. Qu'est-ce qui se jette ainsi dans l'obscurité ? J'ai oublié ce qui m'enflamme. Un grand trou remplace le ciel et m'aspire : mes pensées roulent vers lui, elles s'y abîment ; elles ont beau être silencieuses, un cri les déchire. Le silence n'est rien s'il ne met pas fin pour un temps à la pensée. Voilà : je ne pense plus — je suis et je ne suis pas. L'angoisse efface les mots. Ils perdent leurs différences, jusqu'à la confusion du cri. Je répète cette phrase absurde en ricanant : « Je suis et je ne suis pas. » Mon rire se dissout dans les effluves de la cigarette. Mes dents partent en fumée, elles s'effacent. Et peut-être enfin l'abandon prend-il ma place, et glisse à son tour dans un terrain vague, entre les monceaux d'ordures.

12

Sortir les offrandes

J'ai installé un autel pour le mort. Ce matin, lorsque les éboueurs sont arrivés dans la rue, je suis sorti de la voiture et me suis dirigé vers le coin de la rue Villiers-de-l'Isle-Adam où, juste en face des conteneurs, s'ouvre un petit jardin. L'herbe déborde sur le trottoir à travers la grille et s'accroche aux racines d'un platane : c'est là qu'avec Issa et Kouré *nous avons sorti les offrandes*.

Ils sont originaires du Mali, je les appelle les frères Dogon, mais ils n'appartiennent pas au pays des Falaises : ce sont des Soninké, ils viennent de la région de Kayes, comme la plupart des immigrés maliens à Paris. Ce sont des jumeaux ; ainsi, comme je le leur ai dit, ils ne sont pas nés seuls.

On s'est serré la main, j'ai proposé des cigarettes, on a fumé en silence.

J'avais accompagné un chien dans la mort, mais comment procède-t-on avec un humain dont il ne reste qu'un pied ? Des rites s'accomplissent malgré nous, ils peuplent nos esprits avec de la poussière et des chants ; ils cherchent à travers le bois, le feu, la cendre, la trace impossible du sang qui, avec la mort, s'est perdue.

Lorsque j'ai fait le geste de m'accroupir, ils ont fait comme moi ; puis quand j'ai creusé un petit trou, planté un bâton et disposé des brindilles ils ont acquiescé et se sont tout de suite recueillis. Ils ont chacun sorti de leur poche un objet qu'ils ont déposé là, pour le mort : Issa, un caillou ; et Kouré, un bout de ficelle rouge. Alors, j'ai versé un peu de vodka dans le petit trou, et on est restés là tous les trois, accroupis, sans rien dire. Kouré a disposé la ficelle rouge entre le bâton et les brindilles ; Issa a placé le caillou au bord du trou. On ne bougeait pas. On attendait. J'ai pensé : trois qui attendent.

J'ai allumé une autre cigarette, puis j'ai invoqué un nom au hasard, j'ai dit : « Godot. » Dans ces moments-là, quel que soit le nom qu'on prononce, c'est toujours un dieu qui vient sur la langue. On ouvre ainsi le gosier des bêtes en tournant leur tête vers un esprit qui nous protège et, lorsque leurs battements de cœur s'arrêtent, un peu de sang s'écoule dans le trou qui ouvre passage à la soif des morts ; alors ils viennent jusqu'à nous et, si l'on parvient à être pensif, il est possible que le chant silencieux qui les anime nous atteigne.

Les morts, paraît-il, vont vite ; je ne crois pas : avec les morts, il faut des gestes lents ; il faut, pour veiller sur les morts, et pour que les morts veillent sur nous, un souffle, une respiration qui s'égalent à la prière. Et même si l'on n'a pas de prière, il faut que les voix y ressemblent, qu'elles soient douces et soigneuses.

Je voyais bien qu'Issa voulait quelque chose, il a posé sa main en souriant sur l'épaule de son frère :

— On n'est pas des *deuilleurs*, mais on pourrait dire une parole, non ?

Alors Kouré a écrasé sa cigarette, il s'est couvert les yeux avec les mains, et a prononcé une sorte de chant :

— *Awa danu wana boy. Bige yeni dyu wuyo. Awa puro won puro tunyo boy. Awa puro buge puro tunyo boy.*

Issa m'a regardé en tirant sur sa cigarette, il a traduit :

— Masque de bois, viens ! Un homme bon a perdu la vie. Les yeux du masque sont les yeux du soleil. Les yeux du masque sont des yeux de feu.

On a laissé les paroles se diffuser dans l'air matinal, puis on est allés boire un café au Chantefable. Ils étaient en France depuis deux ans et vivaient au foyer Bara, à Montreuil, avec leur père. Être éboueur leur permettait d'envoyer de l'argent aux Kayes : « On ramasse la merde des Français pour nourrir le Mali », a dit Issa en souriant.

Quand ils m'ont demandé ce que je faisais dans la vie, j'ai répondu que je cherchais quelqu'un. J'ai sorti le dessin de Godot : « Vous ne l'auriez pas rencontré, par hasard ? » ai-je dit, pour rire. Issa et Kouré ont immédiatement fait un bond en arrière. Ils se sont levés, le doigt pointé vers Godot.

— Enlève ça !

On aurait dit qu'ils voyaient le diable.

Ils avaient croisé Godot quelque part, dans leur village, peut-être lors d'une cérémonie, ils ne savaient plus, mais cet être appartenait selon eux au «versant sombre» — à l'«autre côté» : il avait complètement faussé l'univers ; à cause de lui, il manquait des signes au monde ; sans doute les avait-il volés. Ils n'en connaissaient pas le nom ; et, lorsque je leur ai dit que je l'appelais Godot, ils ont ri.

13

Garde à vue

Le 21 juin, j'ai croisé Ferrandi. Il était assis sur le trottoir, rue de Bagnolet, devant La Flèche d'Or. Je sortais de la médiathèque Marguerite-Duras, où je passais maintenant mes après-midi à lire. Je n'ai pas reconnu tout de suite Ferrandi : il s'était rasé le crâne en iroquois, comme Robert De Niro dans *Taxi Driver*, et portait des lunettes noires. Son visage était maigre, tendu par une rage qui lui donnait un air mauvais. Il dévorait des œufs avec une nervosité de rapace ; je n'avais jamais vu quelqu'un manger de cette façon : il se fourrait l'œuf dur dans la bouche avec la coquille, comme un serpent qui gobe sa proie, puis le broyait en grimaçant, et recrachait les morceaux de coquille sur le trottoir à côté de lui.

En traversant la route pour aller à sa rencontre, je m'aperçus qu'il tenait un couteau de chasse. Il se leva d'un bond, et le pointa vers moi.

— Je sors de prison, le prochain qui m'aborde est mort.

— Le prochain, c'est moi.

71

Son visage était couturé de tics et son iroquois lui donnait une allure paramilitaire ; en me reconnaissant, il éclata de rire et rangea son couteau. Nous entrâmes à La Flèche d'Or, où il avait rendez-vous avec un ami, un certain Michniak, qui chantait dans le groupe Programme et répétait pour le concert du soir.

Il y avait dans la salle, encore déserte, une atmosphère de transe ; cette transe était froide et survoltée, d'une violence sourde, hypnotique : sur la petite scène qui faisait face au bar, dans la pénombre, deux hommes produisaient un son métallisé plein de syncopes. Ce bruit blanc vient de l'enfermement ; j'y reconnus tout de suite cet excès qui, en moi, ouvre le feu.

Un guitariste spectral, au visage barré par d'immenses lunettes noires, se tenait immobile au bord de la scène, absorbé dans l'excès des décibels ; à ses côtés, un chanteur à la longue silhouette maigre semblait se mouvoir sur un ring : il martelait à coups de slogans une psalmodie d'insurrection qui me rappelait ces rues incendiées où chaque nuit je sombrais en rêve. Car, depuis la mort du sans-abri, il me semblait que la ville se consumait dans un feu invisible, et qu'à travers ce brasier qui réduisait les immeubles en cendres, qui carbonisait les voitures et liquéfiait le bitume, s'ouvrait enfin sous nos pas cet abîme que la société, consciencieusement, dissimule. Cet abîme, je l'attendais.

Le chanteur salua Ferrandi en levant le poing. Nous nous dirigeâmes vers le fond de la salle. Ferrandi écarta un grand rideau de plastique noir qui s'ouvrit sur une terrasse ; les baies vitrées donnaient en pleine lumière sur des voies ferrées à l'abandon.

Le soleil m'aveuglait. Je demandai à Ferrandi ses lunettes noires. Il avait un œil poché, et ricana. Le son, derrière le rideau, ne cessait d'augmenter, comme si la saturation était sans limites. À travers des stridences, nous parvenait la voix de Michniak, qui scandait sa colère : « Dans un monde régi par le crime / si je veux avoir une place en y parlant au présent / je dois devenir criminel / prendre part au trafic d'influence / et tout le bordel. »

Ferrandi était hors de lui, les nerfs brisés. Il n'avait pas dormi depuis quatre jours. Il commanda une bouteille de vodka ; j'ouvris la fenêtre pour fumer. Ferrandi avait sorti de sa poche un morceau de papier qu'il déplia : il étala sur la table un peu de poudre, qu'il renifla. La vodka à peine arrivée, il avala trois verres cul sec.

— Tous les verres du diable ne me rafraîchiraient pas.

J'avais lu tout l'après-midi, ces lectures m'avaient transmis leur clarté ; Ferrandi venait, quant à lui, de subir quarante-huit heures de garde à vue ; il ne tenait pas en place, s'empara de la bouteille de vodka et, bousculant les chaises, s'agita en tous sens.

— « Garde à vue », tu sais ce que ça veut dire ? Ça signifie croupir dans les latrines de l'État : ils m'ont écrasé la gueule dans le cul de la République pendant quarante-huit heures. Tu entends ce que dit Michniak ? « L'enfer tiède »... Il a raison : on est tous englués dans un enfer tiède, comme des mouches qui crèvent dans une toile d'araignée... Ils nous ont dépouillés de nos armes, et ils s'en servent mieux que nous : la révolte est à poil, la négation est maintenant de leur côté… Qu'on ne nous raconte pas de conneries avec le destin de la subversion : personne, pas même le plus enragé des révolutionnaires, ne peut aller aussi loin que la République française.

Après une soirée chez des amis, Ferrandi rentrait chez lui à pied, il était tard, il avait beaucoup bu. Au carrefour d'Arts et Métiers, un taxi s'arrête au feu. Le taxi est vide, Ferrandi lui fait signe, le chauffeur refuse de le faire monter. Ferrandi essaie d'ouvrir la porte, s'énerve et donne un coup de pied dans la portière. Le chauffeur sort de la voiture avec un nerf de bœuf, Ferrandi et lui s'empoignent, des flics arrivent, les séparent et poussent Ferrandi contre un mur, ils lui maintiennent les bras dans le dos, lui passent les menottes et l'emmènent au poste.

Ce qui a lieu dans les cellules de dégrisement de l'État policier en France, disait Ferrandi, est la face obscure, vicieuse, de la République. Dans ma cellule de dégrisement, on m'a ratonné, comme on a ratonné les Arabes en 1961, comme on ratonne aujourd'hui à longueur de journée les Africains sans papiers.

Ferrandi titubait, il était affreusement ivre ; et pourtant sa parole était nette. Sa voix n'était plus la même qu'au Zorba : plus sombre, plus enrouée, comme si un couteau hurlait dans sa gorge.

Comme ses amis Zoé ou le Bison, Ferrandi avait *cru* en la politique, et il n'y croyait plus. *Croire* en la politique, c'est encore penser, même confusément, que le mal n'a pas le dernier mot. Son crâne rasé avait la violence d'un deuil qui vous déclare la guerre. Je compris que, durant sa séques-

74

tration, il avait touché ce point où le contrôle et la violation ne se distinguent plus.

On m'a dénudé, dit Ferrandi, on m'a jeté dans un cul-de-basse-fosse, on est venu me frapper à coups de barre de plastique, celles qui ne laissent pas de trace. Les flics me disaient : « Sale merdeux de Parisien bourgeois, on va te faire bouffer ta merde d'artiste ! » J'étais dans le trou à rats de la République, là où la politique consiste à étouffer les cris. À un moment, ils ont voulu me prélever de l'ADN, et comme j'ai refusé leur coton-tige, comme je le leur ai jeté à la gueule, ils se sont rués sur moi et m'ont arraché des cheveux en gueulant que maintenant j'étais fiché, que ma grande gueule était désormais connue de tous les services. Dans la cellule, où trois Noirs croupissaient avec moi pour avoir vendu je ne sais quoi à la sauvette, on nous empêchait de dormir en diffusant des airs d'accordéon à l'aide d'un haut-parleur. Existe-t-il pire musique ? J'ai eu besoin, dans la nuit, d'aller aux toilettes, car le chiotte de la cellule était bouché ; tandis que je chiais, je me suis rendu compte qu'une caméra m'enregistrait. Ils sont entrés comme des fous et m'ont plaqué au sol. Avec la caméra, ils m'ont filmé le cul. Je les entendais rire, et m'insulter : « Nous aussi, tu vois, on est des artistes, et on fait ton portrait : on te filme pas la gueule mais le cul, parce que tu n'es qu'un trou-du-cul. »

Ferrandi était au bord de s'écrouler, il avait bu entièrement la bouteille de vodka. Sa voix était à présent caverneuse : « Le plus étrange, c'est que la chose qu'ils avaient filmée ressemblait à cet œil des caméras de surveillance que je photographie : le gros plan de mon trou du cul était l'exacte réplique des gros plans de caméras de surveillance que je fais dans mon travail d'artiste. Tu te rends compte de cette découverte : *l'œil du contrôle est un anus* ! En nous surveillant, ils nous violent : la vérité de la surveillance est anale.

J'ai eu du mal à contenir un fou rire ; Ferrandi, lui, ne riait pas. En l'écoutant, mon malaise grandissait. Je n'avais cessé de boire du vin ; moi aussi, j'étais complètement ivre. Mon sang est froid, mais il arrive que cette froideur se change en cendres, comme si je m'éteignais ; alors la torpeur me gagne : étrangement, elle brûle.

14

La solitude est politique

Michniak fit irruption, Ferrandi et lui s'éloignèrent. Je restai seul à ma table. Je contemplais les tours de Saint-Blaise, dont les fenêtres s'allumaient dans la nuit. Le sourire de la lune était sale, le ciel se retirait. Les voies ferrées disparaissaient sous un tunnel et, à travers mon ivresse, ce tunnel m'apparut aussi effrayant que le trou dont parlait Ferrandi. Ces voies ferrées vont vers l'est ; je me disais : c'est la direction du cauchemar — le tunnel avale des trains fantômes et ne se rouvre qu'en Lorraine, en Alsace, plus loin sur les rives du Rhin, vers la Poméranie, jusqu'en Pologne, là où tous les trains s'arrêtent.

Je commandai une autre bouteille de vin. En fixant le tunnel, j'eus l'intuition qu'il ouvrait au monde des morts, que nous n'existions qu'afin d'être sacrifiés, que nous n'étions qu'un matériau qui engraisse les tombes, comme ce pauvre homme broyé dans une benne. Je vacillais, à l'écoute des ombres : là, me disais-je, au cœur de Paris, parlent les morts — et leur souffle traverse les souterrains. Le tunnel ne passe-t-il pas sous le cimetière du Père-

Lachaise ? Ferrandi avait raison : le cul de la République engloutit les yeux qui le dévoilent.

Selon lui, notre époque était celle où la police avait remplacé la politique. Ce remplacement était historique ; il signait notre servilité. Par le mot de « police », il n'entendait pas seulement les forces de l'ordre, mais tout ce qui, en nous, accepte d'être réduit. Selon Ferrandi, notre asservissement n'aurait bientôt plus de limite, puisque la parole politique était morte et que seul le contrôle était en vie.

« Nous n'avons plus d'existence politique », répétait Ferrandi, et il tapait du poing sur la table. Le seul espoir viendra de ceux qui se taisent, disait-il, ceux qui n'ont pas accès à la parole parce qu'ils sont exclus de la parole : les sans-abri, les sans-emploi, les sans-papiers — toute la communauté des SANS. Leur silence est sacré, parce qu'il est ce qui reste. Dans un sacrifice, il y a toujours un reste, disait Ferrandi ; et le jour où ceux dont l'existence est récusée par l'économie trouveront une parole, alors la politique existera de nouveau.

L'ivresse de Ferrandi ne l'empêchait pas d'articuler sa pensée, mais, durant son récit, il n'avait cessé de s'affaler entre les chaises : il s'écroula enfin.

Il y avait du verre brisé par terre, des flaques de vin rouge. Je me levai pour lui venir en aide ; à mon tour, je perdis l'équilibre et m'étalai dans une flaque.

Il y en a parmi nous qui se demandent ce qu'ils font sur le globe, et si être né ne relève pas d'une farce. Cette nuit-là, j'aurais pu me jeter du haut d'une tour ou sauter à pieds joints dans une mare de feu : j'étais moi-même une farce.

En me redressant, le pantalon trempé de vin, j'eus soudain une sensation de bonheur. Il faisait nuit, et le sérieux des hommes m'apparut comme une figure lointaine qu'on trace dans les ténèbres. J'éclatai de rire. La boue, dans le ciel, était rouge et noir. Je grimpai sur le rebord de la fenêtre, les voies ferrées ouvraient leurs ténèbres à mes désirs. Je suis sûr, cette nuit-là, d'avoir sauté — sûr d'être passé, même quelques secondes, *de l'autre côté*, d'avoir rejoint le chien des Tourelles et senti son souffle humide. Un murmure de falaises me le confirme. Une pluie de détails chante son étrangeté dans ma tête.

Lorsque j'ai repris conscience, j'étais assis : un type me secouait les épaules, et une femme me tendait un verre d'eau ; sa bretelle de soutien-gorge dépassait de son chandail, j'ai avancé la main vers elle, elle s'est écartée brusquement.

Ferrandi avait disparu. À travers les baies vitrées, les tours du quartier Saint-Blaise crevaient les étoiles. J'ai fini une bouteille de vodka, puis me suis levé en titubant. Un vacarme affreux me vrillait les oreilles, et mes battements de cœur s'accéléraient. Le tumulte, à sa façon, est un vide ; le néant s'y agite avec une ferveur qu'il dérobe aux journées calmes. Le récit glacé de Ferrandi avait agi sur mes nerfs ; sans doute est-il l'une des raisons qui m'ont amené à rejoindre les Renards pâles.

J'ai écarté le rideau et me suis retrouvé parmi la foule, dans une chaleur d'étuve. L'obscurité était percée par des clignotements d'hypnose. Des sensations me parvenaient au ralenti, prises dans une boucle d'envoûtement. Les corps autour de moi hochaient la tête, ils n'avaient plus de visage, ils étaient devenus ce hochement, et la voix de Michniak en ponctuait la syncope : « Dis quelque chose ! le robot est l'aboutissement du cerveau occidental / suivant : dis quelque chose ! le crime global est le but inavoué de l'humanité / suivant : dis quelque chose ! le silence est mort et on a compromis le bruit. »

Je cherchai Ferrandi, m'agrippai au bar, où je demandai une bière. Quelqu'un m'indiqua les toilettes, et je me frayai un chemin à travers l'agglutination des corps. Participer à cette agitation était insensé, mais j'y trouvais un plaisir ambigu : quelque chose passait par là, que je devais voir. Le chaos est grisant ; il abrite un glissement sans entraves. Rien, dans le tumulte, n'égare ; c'est notre peur de déchoir qui invente des menaces. Il est plus facile, bien sûr, d'éluder ce vertige, mais j'étais attiré par le désordre : il m'apprenait à connaître Godot.

Dans les toilettes, des jeunes gens se pressaient autour des lavabos : ils avaient le regard inerte et se déplaçaient avec indifférence, comme s'ils étaient téléguidés. La musique arrivait ici dans un grondement de caverne. Chacun semblait guetter dans le miroir le retour de ses gestes. Un homme était planté là, immobile, cheveux hirsutes, vêtu d'un long manteau ; il avait l'air d'avoir passé la nuit dans la forêt — c'était moi.

15

Tout est en aventures

Ai-je perdu pied ? Disons qu'il y a eu une période difficile : les soirs, les matins, les nuits, les jours, chaque seconde vécue jusqu'au squelette. J'étais allongé dans la voiture ; immobile, au coin d'une rue inondée de soleil ; ou alors assis dans un bar à m'abreuver d'alcool. Des rencontres ? Oui, quelques-unes. Je cherche, comme tout le monde, à exister ; je ne me satisfais pas de cette vie qu'on nous vend depuis l'enfance et qui se résume à obéir à des ordres : en vérité, je ne me satisfais de rien. D'ailleurs, la « vérité » n'a qu'un visage : celui d'un démenti violent opposé à ce qui la conditionne.

Les journaux n'avaient pas parlé de la mort du sans-abri. Son supplice me hantait. Comme me hante chaque suicidé : j'avais lu dans *Libération* qu'en France trente personnes se tuent chaque jour. Trente suicides par jour, ça fait neuf cents par mois, c'est-à-dire plus de dix mille par an. Je me répétais ces chiffres comme on comptabilise ceux d'un massacre : l'article de *Libération* disait que les chiffres du suicide en France sont cachés, et qu'ils constituent la première cause de mortalité chez les 35-49 ans ; il ajoutait qu'il y a deux fois plus de suicides que de morts sur la route, et que les tentatives de suicide s'élevaient à deux cent mille par an.

Ce qu'il y a de plus solitaire en nous excède la raison, et ne cesse de nous ouvrir à une simplicité qui déjoue le confort. Là où je me tiens, en écrivant ce récit, il n'y a personne — et pourtant ils sont tous là. Qui ça « ils » : les morts ? À chaque instant, des voix se rassemblent dans le vide, chacun y reconnaît sa mémoire ; mais une mémoire impersonnelle, est-ce que ça existe ? Je me sentais brûler *pour rien*, et avec ces flammes montaient en moi des pans de vie ancienne, des vies vécues par d'autres, dans d'autres temps, des vies qui s'adressaient à moi depuis le sous-sol, comme si les rues de Paris se retournaient et que les trot-toirs révélaient la terre qu'ils dissimulent, une terre ensor-celée, une terre dont nous avions oublié, en France, qu'elle est maudite.

Je vivais avec des voix, des éblouissements, des soifs, du manque. J'avais faim d'un seul coup, en claquant la portière de la voiture ; il me semblait alors que je tombais d'une falaise. Je me traînais jusqu'au bas de la rue, et j'entrais aux Cent Merveilles, un traiteur chinois où Monsieur Krim me servait mon repas ; j'avais un accord avec lui : en échange d'un menu-vapeur quotidien, je donnais des leçons à sa fille Luli, qui préparait l'oral du bac de français ; elle présentait, entre autres, les *Rêveries du promeneur solitaire* de Jean-Jacques Rousseau, que je me mis à lire avec passion.

On m'avait coupé l'allocation chômage parce que je ne m'étais pas présenté aux dernières convocations ; il aurait fallu donner la preuve de sa « bonne volonté », et sans doute n'avais-je aucune « bonne volonté » : je m'étais laissé glisser dans une errance impossible à justifier.

Il me restait juste un peu d'argent pour tenir jusqu'à la fin de l'été. Depuis que je vivais dans la voiture, je m'étais débarrassé de la manie de consommer : à part quelques cafés ou des verres de vin, le soir, dans les bars du XXᵉ arrondissement, je n'achetais rien. J'étais vêtu chaque jour de la même façon : manteau, chemise, espadrilles. Je lisais à la bibliothèque et m'allongeais dans des parcs : ce sont les dernières activités gratuites.

Je veille sur quelque chose qui vient de loin, dont je ne connais pas le nom, et qui peut resurgir à chaque instant : il y a des interruptions, des éclipses et de brusques retours ; il suffit que quelqu'un attende et soit prêt lorsque les signes afflueront. Ce qui *remonte* depuis le temps réveille des morceaux d'une histoire oubliée. J'avais cherché à être seul ; et, en me consacrant à ces étincelles qui, dans la solitude, ouvrent le temps, je découvrais que la solitude est politique. Ces personnages que je rencontrais menaient-ils au déchiffrement d'une énigme ? Quelque chose se déroulait avec la rigueur d'un documentaire, comme si Ferrandi, les sans-abri, les jumeaux du Mali ou les suicidés avaient un point commun, et qu'il ne restait plus qu'à leur offrir un récit.

16

Godot revient

Le mois de juillet fut calme. Je cherchais Myriam aux terrasses des cafés ; j'abordais des jeunes filles ; grâce à elles, il m'arrivait de passer des après-midi gracieux, des nuits étranges et beaucoup de matinées avec la gueule de bois. Il y eut toutes sortes de coucheries, des rencontres étoilées, des galères, des ratages, des grâces de porte cochère. J'ai eu de la chance, des bonheurs soudains, de longues déprimes.

Au restaurant Les Quilles, sur le boulevard de Ménilmontant, j'ai assisté un soir à une scène étonnante : cinq ou six types, le visage masqué par des cagoules, ont déferlé dans la salle et se sont jetés sur les tables, arrachant aux clients leurs assiettes, emportant au milieu des cris les pièces de bœuf, les gratins dauphinois, les fondants au chocolat, les bouteilles de vin.

Je ne vais pas raconter tout ce qui m'est arrivé à l'époque ; d'autres en feraient volontiers un roman — pas moi. Je l'ai dit, ce récit n'a qu'un but : raconter l'histoire des Renards pâles.

Alors abrégeons.

Un soir, je reviens d'un vernissage auquel m'a convié Ferrandi. C'était dans une galerie de la rue Oberkampf. Il exposait avec d'autres artistes, dont son amie Zoé, qui m'apprit que Myriam et le Bison n'étaient plus à Paris car ils avaient rejoint « le groupe de Tarnac ».

L'accrochage des œuvres avait pour thème le déchet. Les photographies de Zoé donnaient une image hallucinée des tas d'ordures : ils étaient en train de prendre la place du vivable ; le ciel était enterré sous des amoncellements de détritus qui mangeaient l'horizon ; la Terre n'avait plus qu'un paysage unique : celui du dépotoir.

Est-ce que ces œuvres, cette exposition et le monde de l'art contemporain lui-même faisaient partie de cette déchetterie globale ? Un texte de Zoé nous invitait, d'une manière ambiguë, à confirmer cette réflexion, ce qui provoqua la colère de Ferrandi, dont les protestations avaient détruit l'ambiance de la soirée.

En sortant de l'exposition, j'aperçois le ciel, quelques étoiles, un peu de verdure ; je respire.

Voici que je remonte la rue Oberkampf jusqu'au croisement de la rue Saint-Maur : c'est là, exactement là, en ce lieu qu'on appelait au xviiie siècle la Haute-Borne, et où se trouve aujourd'hui un café-restaurant qui se nomme Chez Justine, que Jean-Jacques Rousseau a eu son célèbre accident, le 24 octobre 1776.

Depuis que j'étudiais les *Rêveries du promeneur solitaire* avec Luli, cette scène me poursuivait ; je la relisais continuellement : j'avais la sensation qu'elle contenait la clef de mes aventures.

Jean-Jacques Rousseau chemine un après-midi à travers les vignes et les prairies du village de Ménilmontant, qu'il parcourt jusqu'à Charonne — c'est-à-dire dans les rues du XXe arrondissement. J'avais fait des recherches à la médiathèque Marguerite-Duras pour retrouver son itinéraire, et m'étais aperçu qu'à son retour, avant de redescendre la colline, il traverse même la rue de la Chine, et passe à côté de ma voiture.

Vers les 6 heures du soir, après avoir franchi la barrière de Ménilmontant, Rousseau entre dans Paris ; à l'endroit où je me trouvais ce soir, juste devant Chez Justine, des personnes qui marchent devant lui s'écartent brusquement : « Je vis fondre sur moi — écrit-il — un gros chien danois qui, s'élançant à toutes jambes devant un carrosse, n'eut même pas le temps de retenir sa course ou de se détourner quand il m'aperçut. »

Là, Rousseau a brusquement une idée, qui fait aussi de cette scène une farce discrète : pour éviter le chien, il lui faut, pense-t-il, faire un grand saut afin que celui-ci passe sous lui tandis qu'il sera en l'air. Bien entendu, il n'a pas le temps d'effectuer cette extravagante parade : le gros chien danois percute Rousseau, qui tombe la tête en avant. Sa mâchoire frappe le pavé, il perd conscience.

Il fait presque nuit lorsqu'il reprend connaissance. On le relève : il a le visage en sang, les dents fracassées ; et pourtant il vit un moment d'extase : « Je naissais dans cet instant à la vie, et il me semblait que je remplissais de ma légère existence tous les objets que j'apercevais. »

Du sang s'écoule de sa bouche et de son nez comme un

ruisseau, tandis qu'il traverse Paris jusqu'à chez lui, où sa femme, en lui ouvrant la porte, pousse un cri.

Ce tracé du sang à travers la ville m'était familier : il me parlait d'une chose enfouie dans la mémoire, une chose qui sans doute, lorsque Rousseau en fait l'expérience, n'existe pas encore, une chose qui ne lui appartient pas, s'échappe et lance un signe vers l'avenir.

Je l'avais dit à Luli : ce que Rousseau rencontre, ce n'est pas seulement un chien, mais l'existence elle-même. Ce n'est pas par-dessus un chien qu'il saute, il fait un *saut dans l'existence*. Car l'existence est quelque chose qui arrive sur vous comme un animal en pleine course. L'existence, quand elle vous arrive, ne fait pas attention à vous : elle vous précipite avec elle dans son élan, et alors vous vous mettez à vivre.

Je souriais en pensant que peut-être je venais de là : ce que je vivais depuis des mois était en un sens une tentative pour prolonger l'expérience que Rousseau avait initiée il y a trois siècles. Chacun est ainsi appelé à répondre dans sa vie même du *saut dans l'existence* ; ce sont des choses qui parfois se révèlent de la façon la plus modeste : un brusque éclat de rire, le pli d'une angoisse, les nuances d'une euphorie peuvent à chaque instant vous ouvrir à ce déferlement du monde.

Est-il possible que les expériences circulent à travers le temps, et qu'elles se transmettent par le réveil de la mémoire ? Peut-on *hériter d'une extase* ? Il s'était mis à pleuvoir et, en fumant une cigarette sur le trottoir devant Chez Justine, je riais tout seul en me répétant ces mots : hériter d'une extase. Moi qui n'avais rien, c'était bien mon seul héritage : et, après tout, y en a-t-il de plus beau ?

Bref, il s'était mis à pleuvoir, des orages déchiraient les trottoirs. La ville paraissait soudain nue : seuls les arbres gardaient cet éclat qui les soustrait à la dérision. Je marchais sous la pluie, rue de Ménilmontant, comme si elle devait m'offrir une couronne. À cet endroit de la rue Sorbier où la succession des bars laisse place à un jardin public, apparut sur le mur, en lettres rouges, une nouvelle inscription, surmontée de ma chère tête de poisson :

LA FRANCE, C'EST LE CRIME

Une joie folle m'envahit. Des éclairs glissaient dans le ciel, la foudre tomba près de moi, projetant sur le jardin une lumière dont la violence dénudait les sapins : tout était devenu blanc, d'une clarté lunaire ; je me mis à hurler de bonheur, et courus vers le jardin, où la statue d'une déesse transperçait les feuillages. J'escaladai la grille. La pluie illuminait mon rire : Godot était vivant.

Pourquoi cette inscription me bouleversait-elle à ce point ? Des milliers de gens, sans doute, étaient passés devant sans s'émouvoir. Moi, je la recevais comme une prophétie. Une affirmation sans limites suffit à éclairer l'avenir ; chaque défi attend un soulèvement.

J'avais basculé dans une légèreté folle, et en me pressant contre le flanc de la déesse, la tête ivre de gratitude, ruisselant de pluie, j'ai pensé : Godot est de retour, il a tracé ces lettres sur le mur avec le sang de Jean-Jacques Rousseau.

17

La reine de Pologne

Voici la reine de Pologne. C'est grâce à elle que je suis entré en contact avec les Renards pâles ; je ne vous l'ai pas présentée plus tôt, malgré mon impatience, parce que ce récit respecte la chronologie.

La scène se déroule au début du mois d'août, à la piscine des Tourelles. J'y vais très tôt le matin, avant l'arrivée de la foule : commencer la journée en faisant des longueurs élargit le calme.

Une femme, ce matin-là, n'en finissait pas de tourner *autour* du bassin. En un sens, elle aussi faisait ses longueurs, mais pas dans l'eau : elle marchait au bord de la piscine, avec des gestes si lents qu'ils suscitaient un malaise.

C'était une belle femme d'une quarantaine d'années, à la longue chevelure blonde, vêtue d'un maillot une pièce rouge et d'un peignoir qui s'ouvrait sur une poitrine qu'elle portait fièrement : une poitrine lourde — *bombée* —, qui tranchait avec sa maigreur.

Elle était très maquillée, ses lèvres rouges semblaient gonflées ; et dans sa manière d'avancer, le buste droit, posant avec soin un pied devant l'autre, on lisait une forme de noblesse. Et puis son déhanchement rappelait celui des bacchantes, qui font tournoyer leurs voiles lorsqu'elles entrent en furie ; la ceinture du peignoir battait à chaque pas contre ses flancs ; le monde tourne ainsi sur lui-même : féminin, cru, insaisissable. Cette femme était absolument étrangère aux évidences ; et sans doute y avait-il une forme d'insolence de sa part à déambuler le long d'un bassin comme si elle se trouvait dans les allées d'un château.

En faisant mes longueurs, je ne la perdais pas de vue : elle s'était finalement assise au bord du bassin, juste à côté de la petite échelle, les pieds dans l'eau ; elle lisait un livre. Je ne saurais dire en quoi son attitude était gênante, mais je *savais* qu'elle allait susciter un reproche : l'extrême innocence provoque des réactions violentes ; elle les attire.

Il y eut un peu de brouhaha, une dispute avec le maître-nageur, et soudain elle a lancé le livre dans le bassin ; j'ai fait quelques brasses pour le récupérer et, quand je suis sorti de l'eau, elle avait disparu ; j'ai apporté le livre au maître-nageur, il n'en voulait pas, cette femme l'exaspérait.

Après ma douche, en tenant le livre sous le sèche-cheveux des vestiaires, j'ai essayé d'en décoller les pages. C'était *La Guerre civile en France* de Karl Marx ; sa couverture était rouge, comme le maillot de bain de la femme.

Dehors il pleuvait. J'ai pris un café au distributeur, en attendant que la pluie s'arrête. J'avais l'habitude d'échanger quelques mots avec Berto, le type qui vend les tickets ; il avait cette dégaine interlope des truands du siècle dernier : c'était un grand joueur à qui l'entrée des casinos était interdite ; selon lui, le vertige qu'il est possible d'éprouver autour d'une table de jeu dépasse de très loin le plaisir érotique ; ce trouble était sa raison d'être : rien d'autre ne comptait à ses yeux que ces quelques minutes fiévreuses où sa vie était en jeu ; ainsi passait-il ses nuits dans les tripots clandestins du quartier chinois, près de la porte d'Ivry, et au petit matin il venait directement ici retrouver sa « planque », comme il disait.

Je lui ai demandé s'il connaissait la femme en rouge :

— La reine de Pologne ? Bien sûr, c'est une habituée. Elle n'est jamais entrée dans l'eau, je crois qu'elle ne sait pas nager. Un jour, ils l'ont virée parce qu'elle s'était foutue complètement à poil, mais elle revient de temps en temps. Moi, elle me fait peur.

18

La guerre civile en France

J'ai ouvert *La Guerre civile en France*. Les phrases étaient imprimées en rouge ; elles m'ont sauté à la gueule, comme les étincelles d'un brasier. Avec elles, on s'engage à travers ce labyrinthe des récits que sans fin les époques reprennent, et que sans fin chacun réenfouit, car le cours historique de la révolte est ce qu'on occulte le mieux ; et sans aucun doute la Commune de 1871, dont parle le livre de Marx, est-elle dans l'histoire de France l'épisode le plus refoulé : on s'obstine à en réduire l'importance, comme s'il ne s'agissait que d'une explosion d'anarchie dont l'outrance aurait légitimé les dérapages qui l'ont stoppée ; ou alors, ce qui revient au même, on n'en parle pas — mais l'impunité de cet oubli en dit long sur ce qu'on nomme la politique en France.

Voici donc qu'un jour d'été, à Paris, les fantômes de la Commune se réveillaient. C'était un samedi ; l'air était chargé de pivoines, de roses et de tulipes, de toutes ces fleurs qu'on vend en bas de la rue de la Chine, le long du square Vaillant, et tout autour de l'hôpital Tenon.

Le livre de Marx m'enflammait ; je suis sorti de la voiture pour continuer à le lire debout, dans la rue, comme si l'appel désespéré contre l'ordre établi qui traverse ses phrases pouvait encore se propager à l'air libre, se mélanger aux rues, entrer dans les immeubles, infiltrer le corps des passants. Un livre relève à mes yeux de la *chance* ; s'il s'en trouve un sur votre chemin, comme il m'est arrivé avec Beckett, Rousseau ou cette brochure de Marx, c'est que quelque chose en lui se tient en réserve, et vous est destiné ; les livres font partie du jeu, comme les inscriptions, comme les rencontres : en vous incorporant leurs phrases, vous poursuivez votre métamorphose.

Marx raconte, à l'intention des membres du Conseil général de l'Association internationale des travailleurs, les événements qui, quelques semaines plus tôt, du 18 mars au 28 mai 1871, ont conduit, après la guerre franco-allemande de 1870 et la capitulation de la France, à ce soulèvement populaire qui, durant six semaines d'un printemps à la fois terrible et radieux, oppose à la lâcheté routinière d'une société décomposée l'irruption soudaine d'une *liberté libre*.

Cette insurrection, comme on sait, fut liquidée.

Celui qui lit les quelques pages de *La Guerre civile en France* comprend que la répression gouvernementale dissimule sous le masque du maintien de l'ordre une volonté criminelle : le but de Thiers et de ses sbires, selon Marx, c'était l'« extermination de Paris ». Pour que l'alliance bienheureuse entre les propriétaires et les banquiers continue à engraisser le gouvernement qui était à leurs ordres, il s'agissait d'en finir à jamais avec l'idée qu'on puisse *troubler la corruption*.

Supprimer ce qui gêne les affaires ; anéantir ce qui les compromet : une telle folie conduit le gouvernement de Thiers à massacrer la population de Paris : ainsi, durant la « Semaine sanglante », avait-on assassiné les communards jusqu'au dernier, les fusillant partout et du matin au soir, jusque dans le cimetière du Père-Lachaise, afin que Paris soit purgé de la moindre goutte de sang insurrectionnel, et que les cadavres des révolutionnaires exécutés dans les jardins publics, accumulés sur les barricades, empilés dans les fosses communes, soient offerts en cadeau à la bourgeoisie française.

À la fin, la mise à mort n'a plus d'autre horizon qu'elle-même, et Marx écrit : « Glorieuse civilisation vraiment, dont le grand problème est de trouver le moyen de se défaire des cadavres qu'elle a entassés. »

J'ai lu cette quarantaine de pages debout, sur le trottoir, dans le soleil de midi. À mes pieds, l'autel consacré au sans-abri rayonnait en secret. La lumière avait un éclat féroce ; entre les phrases, je voyais clignoter l'inscription de la rue Sorbier : « LA FRANCE, C'EST LE CRIME ».

C'était comme si le sang de Jean-Jacques Rousseau se remettait à ruisseler depuis les hauteurs de Paris, comme si le sang des révolutionnaires n'avait plus cessé de s'écouler en France, et que les phrases qui s'écrivaient en lettres rouges depuis quelques mois sur les murs du XXe arrondissement manifestaient, avec l'évidence d'un sacrifice, une histoire qui n'en finissait pas d'être occultée : celle d'une guerre civile qui traverse les époques et continue aujourd'hui.

Je ne sais ce qui m'arrivait : j'étais ébloui — je tremblais. Il y avait des éclairs violets dans les frondaisons ; et des traces d'incendie sur les murs. Sans doute les étranges aventures que j'avais vécues depuis la première nuit dans la voiture commençaient-elles à trouver une cohérence : des visions déferlaient dans ma tête en une cascade d'orages gris-bleu, elles tourbillonnaient depuis toutes les époques, comme si une brèche s'était ouverte dans le temps — mais quel était le sens de cette féerie ?

Je me suis mis à marcher très vite en direction de la Seine, avec le livre dans ma poche. J'ai descendu l'avenue Gambetta vers République, pris la rue de Turbigo, le boulevard Sébastopol et la place du Châtelet jusqu'au bord du fleuve, la tête absorbée par cette mémoire qui n'est pas la mienne, qui ne m'appartient pas, qui n'appartient à personne. Je crois qu'elle traverse les corps disponibles, afin que continuent de se vivre en un même point le passé, le présent et l'avenir.

19

Père-Lachaise

Il y a eu un accident de la route sur le périphérique, à hauteur de la porte de Bagnolet ; les urgences de l'hôpital Tenon étaient débordées ; et, pour collecter du sang, on avait établi un grand chapiteau sur la place Gambetta.

Je me souviens avoir pensé que, si je donnais mon sang, on m'offrirait peut-être un sandwich ; cette pensée m'avait aussitôt paru obscène : c'était une pensée de pauvre, une pensée d'abandonné. Étais-je « abandonné » ? Non : la solitude qui était la mienne ne relevait d'aucune détresse ; mais être une personne, c'est connaître la dernière des solitudes. J'ai toujours pensé cela ; je peux même dire que *j'y crois*.

La dernière des solitudes ne se mesure pas : sur ce plan de foudre où notre esprit se divise à l'infini en lui-même, chacun d'entre nous est à sa manière *le dernier des solitaires* ; même ceux qui vivent en couple ou font partie d'une famille connaissent cet abîme dont je parle ; rien ne s'y égale, pas même la plus étoilée des étreintes. Car la dernière des solitudes est, en un sens, l'autre nom de l'amour : l'univers s'y brûle.

Alors non, je n'étais pas abandonné ; au contraire, j'avais de la chance : *j'avais ma solitude*. Un tel écart sera bientôt en voie de disparition — aussi rare que le léopard des neiges : à une époque qui est parvenue à réduire chaque désir en lui fixant un prix, la solitude est encore en liberté.

Je suis entré sous le chapiteau : des cabines, séparées par des rideaux de plastique bleu, se succédaient comme des isoloirs. On m'a dirigé vers un bureau où j'ai rempli un formulaire de consentement. Derrière moi, une femme protestait : elle avait rempli le formulaire, elle voulait donner son sang, mais on le lui refusait sous prétexte qu'elle ne pouvait pas *prouver son identité*. Je me suis retourné : c'était la reine de Pologne.

Ses lunettes noires, sa blondeur platine, son imperméable Burberry, ses collants rouges : tout en elle — et sa présence même dans ce lieu — semblait extravagant ; j'étais pris d'une joie incongrue : j'ai dit que je la connaissais, que *j'étais avec elle*, et j'ai tendu ma carte d'identité.

Une infirmière est venue me chercher pour le prélèvement ; j'ai regardé les tubes échantillons se remplir de sang ; et, après une collation qui nous était offerte, je suis sorti prendre l'air.

La reine de Pologne était là, sur la place, elle avait noué autour de sa tête un foulard de soie bleu clair, elle souriait en fumant une cigarette, et me dévisagea avec malice :

— Alors comme ça, vous êtes avec moi ?
— C'était pour vous venir en aide.
— Vous êtes un saint ?
— Saint Jean.

— Les saints savent-ils tirer au canon ?

— Au fusil plutôt, et ils lisent Marx.

J'ai sorti de mon sac *La Guerre civile en France*, pour le lui rendre ; elle n'a pas paru étonnée. La couverture gondolée l'a fait sourire ; elle tenait à ce que je le conserve car elle ne gardait pas les livres qu'elle avait lus, elle n'en possédait aucun, même si celui-ci lui était particulièrement cher, parce qu'il mentionnait à la fin, dans la liste des personnes auxquelles Marx avait fait signer son texte, le nom de Walery Wroblewski, correspondant de l'Internationale pour la Pologne, qui était son ancêtre.

Nous avons commencé à marcher au hasard, et un peu plus loin, face au grand espace vide de la rue Stendhal, elle m'a dit qu'elle se nommait Anna Krieger Levine ; s'ils étaient beaucoup à l'appeler la reine de Pologne, c'était par une fantaisie qu'elle avait elle-même encouragée.

Ses papiers d'identité, elle les avait brûlés : il serait urgent que chacun s'en débarrasse, me dit-elle ; si on se laisse faire, ce sera bientôt des bracelets électroniques qu'on nous attachera aux poignets afin de contrôler le moindre de nos déplacements. Que pensais-je de ce gouvernement qui refermait sur nous ses mâchoires ? Je revoyais le pied du sans-abri dans sa poubelle, j'ai dit : « La France, c'est le crime. »

Elle a répondu, avec une douceur un peu folle, qu'il fallait prendre les armes et répondre au crime par le crime :

— Il n'y a rien de pire que les cicatrices : il faut que le sang coule, et que les criminels se baignent à leur tour dans cette flaque qui semble tellement les faire jouir. Ce pays s'est toujours cru à l'abri des charniers dont il est responsable, mais son obscénité se lit dans le sourire merdeux de ses représentants.

Il y a un long escalier qui, reliant la rue Lucien-Leuwen au quartier Saint-Blaise, mène à La Flèche d'Or ; je l'empruntais chaque jour pour aller lire à la médiathèque Marguerite-Duras. Cet escalier est bordé de châtaigniers, dont les feuillages forment un dais sous lequel il est agréable de se reposer. Nous nous sommes assis sur l'une des premières marches. L'air était doux, bleu clair, doré.

Chez la plupart des hommes et des femmes, la lumière s'éteint ; la reine de Pologne, au contraire, brûlait. Ses gestes, ses paroles avaient l'éclat de la brusquerie. Je crois qu'elle regardait comme sienne la terre entière parce qu'elle n'en voulait rien : sa violence était si grande qu'elle récusait jusqu'à la négation qui en est le tic.

Nous fumions cigarette sur cigarette ; j'aime le ciel de fin de matinée, lorsque les désirs sont calmes, et qu'on dispose d'une provision d'instants à venir. Malgré sa violence, quelque chose de suave nimbait le visage d'Anna, et voilait son regard d'un peu de tristesse, mais sa bouche était gourmande et rieuse.

Elle vivait de manière évasive, dans l'improvisation, si bien que, n'ayant aucun projet, elle était toujours disponible à ce qui vient :

— Chaque matin, au moment de sortir de chez moi, je me dis : prends à droite, Dieu viendra ; prends à gauche, ce sera le diable. Et puis, que je prenne à gauche ou à droite, je tombe dans un trou : mes journées, ce sont d'immenses trous. Je n'ai pas l'impression de tomber, ce n'est pas une chute : je suis *déjà* dans le trou. Dans ma vie, j'ai presque tout perdu, alors un jour j'ai décidé de ne plus me protéger contre ce qui arrive : les journées, les nuits sont devenues comme de la musique. Parfois, ce sont des mélodies atroces, comme si un rat se mettait à jouer de la flûte ; mais le plus souvent, c'est du jazz, celui de Braxton ou de Tristano. Je ne veux pas que ça s'arrête : je ne veux pas, le soir, rentrer chez moi, et me dire que je suis passé à côté de la vie. Je voudrais vivre ma vie tout entière chaque jour, comme si vingt, trente, quarante années se dépensaient en vingt-quatre heures. Et la nuit, je ne veux pas dormir, parce que le sommeil est une défaite, et parce que c'est lui qui nous rendra vieux.

Elle a ôté ses escarpins, s'est massé les orteils, et a allongé ses jambes sur les marches ; j'ai aperçu en un éclair la couture de ses bas ; et, tandis qu'elle parlait, ses doigts fins, très blancs, ses ongles vernis rouges traçaient dans l'air des figures qui éveillaient mon désir.

Elle disait qu'elle avait bien sûr ses *mauvais moments*, mais que toucher le fond n'était pas si important : toujours il y a les couleurs, les arbres, le vin, et les battements de cœur.

Une scène de la Commune la hantait : une scène qui a lieu après le massacre. Quelques communards ont survécu, ils sont faits prisonniers, on les exhibe à travers Paris. Sur les Grands Boulevards, près de l'opéra Garnier, la foule des bourgeois, accompagnés de leurs épouses, regarde passer les vaincus : ils sont très agités, le soulagement ne comble pas leur haine ; et, tandis que les maris s'amusent à insulter les pauvres bougres humiliés par leurs chaînes, leurs épouses s'encouragent dans la violence : trois d'entre elles s'avancent et, arrachant la longue épingle qui leur sert à retenir ensemble le chignon et le chapeau, elles crèvent les yeux des prisonniers sous les vivats de la foule.

Je ne sais si elle se livrait ainsi à chacun ; peut-être lui semblait-il naturel de parler en détail de sa vie, et de ses blessures, comme si l'intimité n'était qu'une vieillerie (comme si elle n'en avait plus) ; en tout cas, je l'écoutais avec cette attention qui nous suspend aux récits les plus cruciaux. L'existence de chacun se borne le plus souvent à sa commodité. Tenir à sa propre raison mène à une vie sans attrait. En un sens, elle ne tenait à rien : elle aussi, *elle avait sa solitude*, et c'était la première fois que je rencontrais quelqu'un d'aussi libre.

Elle me confia qu'elle avait un fils de vingt ans dont elle n'avait aucune nouvelle : il avait choisi de « disparaître socialement dans le tourbillon des squats » ; sans doute vivait-il quelque part dans la banlieue de Lyon, de Marseille ou de Montpellier, dans l'une de ces communautés politiques insaisissables qui rejettent la forme des échanges.

Elle avait vécu longtemps à New York, dans le quartier de la Bowery, avec une sorte d'idéal punk ; elle était alors danseuse de ballet, et passait son temps au lit à se droguer avec un homme qui était peintre, à faire l'amour et à regarder des films muets. Puis elle était venue en Europe, où la pauvreté l'avait conduite à des expériences sordides.

Elle s'était mariée deux fois : la première, très jeune, en Amérique, avec un homme richissime qui la faisait conduire à ses cours d'histoire de l'art en limousine ; et plus tard, à Paris, avec un poète italien qui était mort en tombant d'une terrasse au septième étage, et avec qui elle avait mené pendant trois ans, dans une minuscule chambre de bonne, une existence absolument sexuelle au bord de la clochardise ; encore aujourd'hui, elle se demandait si sa chute était un accident ou un suicide.

Elle était passée plusieurs fois du luxe à son contraire avec une indifférence qui l'exposait à ne plus rien concevoir en dehors du vertige ; et c'était ce vertige qui faisait d'elle une femme si attirante.

Nous avons passé la journée ensemble à déambuler. Nous flottions dans la lumière des rues, comme des voyageurs éblouis ; et il me semblait soudain facile de marcher aux côtés de quelqu'un, de passer les heures si lourdes de l'après-midi à parler, à boire, à rire. Je me disais : il est encore possible de se sentir vivant ; le bonheur trouve sa perfection dans une simplicité qui chasse l'angoisse.

Ce soir-là, après avoir dîné, nous avons longé le Père-Lachaise et sommes entrés dans un bar, près du métro Alexandre-Dumas, qui s'appelle La Souris Déglinguée, où nous avons commandé du vin et de la vodka. Nous étions serrés l'un contre l'autre sur une banquette de velours mauve, illuminés par l'alcool ; nous échangions des caresses. À un moment, j'ai passé ma main entre ses cuisses, elle s'est jetée sur ma bouche, m'a mordu les lèvres. J'allais commander d'autres vodkas, quand elle a posé sur la table devant nous une clef toute rouillée : « Allons au Père-Lachaise. » Je m'étonnai, elle se contenta de me sourire.

La nuit était maintenant ivre, comme la lune. À l'épicerie du coin, j'achetai une bouteille de Zubrowka, cette vodka polonaise à l'herbe de bison. Nous bûmes tous deux au goulot. Anna prit ma main et se mit à courir : la ruelle donnait en impasse sur une grille de fer forgé au-dessus de laquelle était écrit : « Porte de la Réunion ». Elle a tourné la clef dans la serrure, et nous sommes entrés sans un mot.

L'humidité de la terre nous sauta au visage. L'obscurité, le feuillage immense des sapins, la fraîcheur des tombes, tout me semblait lugubre. Anna riait, elle se mit pieds nus et lança ses chaussures dans l'herbe. Devant le mur des Fédérés, où sont regroupées les tombes des combattants de la Commune, un vide s'ouvrait à l'image du ciel étoilé. Je regardai autour de nous les formes noires que dessinaient les arbres ; toutes ces croix qui perçaient la nuit me donnaient le frisson. J'enlevai à mon tour mes chaussures, l'herbe était tiède. Anna se rapprocha de moi, elle m'embrassa longuement. Elle avait dégrafé sa robe, et ses seins contre moi étaient lourds et chauds. Elle me débraguetta, et à genoux engloutit ma queue dans sa bouche. Le ciel vacillait. J'entendis le cri d'une chouette et des bruissements d'ailes à travers les feuillages. Nous avions basculé dans l'herbe, et nous nous enlacions avec une frénésie que l'alcool avait aiguisée. Anna n'avait plus que ses bas, qui étaient souillés de terre ; sa nudité dans la nuit avait la splendeur de la foudre. Elle indiqua du doigt une tombe qui sortait des fougères, et se mit à ramper jusqu'à cette pierre. Son cul avait sous la lune la blancheur laiteuse d'un orage. J'étais nu moi aussi, et la suivis à quatre pattes. Nous lûmes, à voix haute :

WALERY WROBLEWSKI

1836-1908

COMBATTANT DE L'INSURRECTION POLONAISE DE 1863
GÉNÉRAL DE LA COMMUNE DE PARIS 18 MARS - 28 MAI 1871

Elle aspergea un peu de vodka autour de la tombe : « C'est vaudou », dit-elle en souriant. Puis elle s'en fit couler sur les seins, que je me mis à lécher. Elle prit la vodka au goulot, s'étendit à quatre pattes sur la pierre, le visage tout près du nom du héros, et me demanda de la baiser salement. Je lui mis un doigt dans le cul que la vodka avait mouillé, puis la pénétrai.

20

Le Griot

Lorsque j'ai montré les inscriptions à Anna, elle a souri. Ce sourire me donnait confiance : l'impasse Satan lui avait plu, elle *savait* quelque chose. Ce nom agissait sur elle comme un sésame : elle en reparla toute la journée, et ne cessa de prononcer les deux mots avec la ferveur d'une adepte. Que la société n'existe pas, que la France soit le crime lui semblaient des évidences ; la ruine lui était familière autant que sa contestation.

On retransmettait à la radio ce soir-là le *Pierrot lunaire* de Schoenberg, interprété par Ingrid Caven, et j'avais invité Anna à venir l'écouter avec moi.

Je ne lui avais pas dit que je vivais dans une voiture. Lorsque, dans la rue de la Chine, je lui ai ouvert la portière, elle a eu l'air amusé. J'ai allumé la radio ; la petite lumière bleue de la boîte à gants veillait sur nous ; elle a souri en voyant la figure de Godot accrochée au rétroviseur : elle trouvait à mon « totem », comme elle l'appelait, une grâce de démon.

La nuit est tombée avec les premières notes du *Pierrot*. Nous ne parlions plus. Je devinais Anna dans l'ombre, sa

105

respiration était rapide et soulevait sa poitrine ; seul ce bruissement de la cigarette qui mouille les lèvres indiquait sa présence.

La musique bousculait la voiture, comme si nous avions embarqué sur une baleinière. La voix d'Ingrid Caven transperce les facilités du chant, elle se distille en gouttes qui sont verticales — presque japonaises. Elle casse le ronronnement du lyrisme : il n'y a plus d'aigu ni de grave, de lenteur ni de vitesse — juste la modulation d'une enfant acerbe, qui fait exploser les ténèbres avec humour.

Anna avait allongé sa tête sur mes jambes. Ce moment dure encore ; c'est en pensant à sa douceur que j'écris ce récit. Lorsque à la fin du *Pierrot lunaire* elle a relevé la tête, de petites gouttes de pluie frappaient contre le pare-brise, apportant l'odeur tiède des écorces et de la terre.

Elle m'a demandé si elle pouvait emprunter Godot : elle avait une idée, elle me le rendrait dans quelques jours. J'ai décroché la figurine, et l'ai glissée dans sa main. On s'est embrassés. Je l'ai invitée à se faufiler entre les deux sièges, pour accéder à l'arrière de la voiture, où autour de mon lit un bric-à-brac de lampes, de cahiers, de livres, et la tapisserie d'images que j'avais collées contre les vitres composaient au travers d'une lueur bleuâtre l'espace où j'habitais : c'était, dit-elle, la cabane de Robinson Crusoé.

Quelques jours plus tard, elle frappa à la vitre. Je somnolais au volant. C'était une fin d'après-midi lourde, chargée d'orages qui n'éclataient pas. Elle m'a proposé d'aller voir un ami, qui habitait rue des Couronnes, en haut du parc de Belleville. Elle était, ce jour-là, d'une légèreté gracieuse : dans les rues, elle dansait. Nous avons traversé le Père-Lachaise, puis emprunté ce lacis de ruelles qui longent le boulevard de Ménilmontant jusqu'au métro Couronnes. Je l'ai dit : marcher aux côtés d'Anna relevait de la joie.

Au coin de la rue des Couronnes et de la rue du Transvaal, un immense feuillage de lierre recouvre une façade de briques rouges. C'est le Splendide-Hôtel. Sur un treillage de bois, devant l'une des fenêtres, fleurissait une glycine où je plongeai mon visage. Anna me proposa brusquement de faire l'amour dans cet hôtel.

Quand nous sommes sortis, il faisait nuit : de petites lumières menaient une fête silencieuse dans les arbres, et plus bas la ville s'ouvrait comme un lac illuminé. Nous continuâmes à grimper la côte de Belleville ; au numéro 73, elle s'arrêta, et avec un grand sourire, comme si elle m'avait préparé une surprise, elle désigna sur le mur la tête du dieu-poisson — Godot ! —, qu'accompagnaient ces mots tracés en lettres rouges :

IDENTITÉ = MALÉDICTION

On s'engagea dans une immense cour intérieure, au numéro 75. Des jeunes gens noirs parlaient en buvant des bières ; ils saluèrent tous Anna, qui dans l'escalier m'invita à la suivre jusqu'à un appartement dont la porte était ouverte, et d'où s'échappaient les notes d'une kora.

Un long couloir menait à une enfilade de chambres ; tout était sombre et abrupt, comme si cet appartement était taillé dans la roche, et que ses parois, tout en crevasses, existaient pour abriter un rituel. Partout des piles de livres qui s'accumulaient à même le sol. Partout des plantes immenses, tentaculaires. Partout des masques qui couvraient les murs. Des jeunes gens noirs allaient et venaient dans chaque pièce et saluaient Anna, qui semblait connaître chacun d'eux ; dans un recoin, à la lueur d'une bougie, il me sembla reconnaître Issa et Kouré, qui m'adressèrent un sourire.

Que faisions-nous ici : était-ce une fête ? J'avais la sensation que nous tournions à l'intérieur d'un labyrinthe. Les masques de bois proliféraient à mesure qu'on s'enfonçait dans les méandres de l'appartement ; la plupart étaient striés de peinture noire et blanche, coiffés de touffes de fibres rouges, et rehaussés d'une hampe ou de croix qui se superposaient. La pénombre donnait un relief angoissant à leurs formes aiguës : ces bouches en losange, ces yeux triangulaires, ces cornes dressées haut vers le ciel semblaient défier un ennemi. Leurs grimaces me parlaient de la mort. J'étais mal à l'aise, comme si j'évoluais dans un mauvais rêve.

Anna me tendit un verre de rhum. La musique était devenue plus intense, et les corps des jeunes gens vibraient discrètement au rythme de la kora. Le rhum m'enflamma la gorge. Les formes rouge et noir des masques m'oppressaient. Je sentais la panique monter en moi.

Anna se dirigea vers un homme à la longue silhouette autour duquel gravitaient les jeunes gens. Elle lui tendit un papier : c'était la figure de Godot ; elle me désigna du doigt et, pendant qu'elle lui parlait, l'homme ne cessa de me fixer.

Anna s'éclipsa, l'homme vint vers moi et me tendit la main. Tout le monde ici l'appelait le Griot. Il avait un visage émacié, des cheveux gris très courts et l'œil extraordinairement vif ; des gestes lents ; l'élégance naturelle du guerrier. Il me rendit le papier que j'avais confié à Anna.

— Il paraît, dit-il en souriant, que vous l'appelez Godot. C'est une bonne intuition : vous savez qu'il s'agit d'un dieu ?

— Non, je suis à sa recherche depuis des mois.

— C'est le Renard pâle.

Je fixai la tête du poisson sans comprendre.

— Le poisson est l'un des masques du Renard pâle, dit-il. L'une de ses métamorphoses. Il a aussi été un serpent, une tortue, une araignée.

J'ai repensé aux murs du Zorba, à ce petit renard qu'avait peint Myriam : c'est elle qui m'avait parlé des Dogon, et de cet animal anarchiste qui s'était rebellé contre la Création ; en un sens, tout m'avait été dévoilé depuis le début, et je n'avais fait que m'éloigner de la vérité à travers une boucle qui, ce soir, se refermait.

J'interrogeai le Griot sur le sens de l'inscription que je venais de découvrir dans la rue, en bas de chez lui.

— Personne ici n'a de papiers, dit-il. Il y a ceux qui n'en ont jamais eu, parce que la France ne veut pas leur en donner. Mais ceux qui parmi nous en avaient les ont détruits, afin que l'absence de papiers ne soit pas un manque, mais une force. La société a besoin que nous ayons une identité pour nous contrôler. Il faut en finir avec cette logique.

Le Griot me parla du Renard pâle. C'était un dieu qui n'était pas tendre avec les humains ; il habitait au cœur de la destruction, ce qui lui donnait un savoir sur celle qui ravage aujourd'hui notre monde. Sa cruauté est un art, elle fait de lui un insoumis dès l'origine : dans la cosmogonie des Dogon du Mali, il crée le désordre en s'arrachant à son placenta, et s'attaque au démiurge — son père — dont il conteste l'ordre. Ainsi a-t-il accès à l'envers des choses, et connaît-il le monde des morts. Pour le punir d'avoir brisé l'appartenance, on le prive de parole ; alors, loin de la société, repoussé dans une solitude qui dément les suffrages, il écrit l'avenir avec ses pattes : chaque nuit, il passe sur les tables de divination que les prêtres dogon ont tracées sur le sable.

Ainsi la créature qui, depuis quelques mois, dans Paris, proclamait la rupture constituait-elle un monde à elle seule ; un monde qui à travers l'insurrection s'annonçait capable de retourner le nôtre.

Je sentais la venue de ce monde : le Renard pâle ne s'était-il pas installé ici, à Paris ? Je regardais autour de nous les masques qui couvraient les murs : chacun d'eux était une déclaration de guerre. Les esprits qu'ils incarnent, et chaque personne qui porte ces masques, disent aux habitants du petit monde blême dans lequel nous végétons qu'il est ridicule de se croire en vie si l'on n'a pas combattu dans l'effroi ce qui asservit — si l'on n'a pas retourné ce qui nous tue.

Le Griot avait disposé sur une table de bois un livre consacré au Renard pâle qui, en s'ouvrant, se dépliait de tous côtés. Des diagrammes multicolores racontaient la mystérieuse odyssée du dieu dissident comme une montagne de signes qui s'offrait à l'interprétation. Le livre, en débordant de toutes parts, mettait ainsi en scène, dans sa forme, l'excès fabuleux dont il traitait ; et c'était comme si le Renard pâle avait composé cet ouvrage lui-même avec ses pattes, lui donnant ce caractère tortueux, énigmatique, qui était le sien.

— Avez-vous remarqué, me dit le Griot, qu'ici, à Belleville, nous sommes sur une falaise ? Nous sommes accrochés à ces pentes comme les Dogon s'agrippent à la pierre rouge de leurs montagnes.

Il me laissa seul avec le livre. J'en manipulai fiévreusement les pages, comme dans une extase ; il me semblait que j'avais toujours circulé entre ces phrases, et que mon destin se jouait là : j'étais entraîné dans une histoire millénaire, qui était aussi la plus jeune des histoires, celle d'un avenir qui me semblait vivable, où la politique avait de nouveau un sens. Le vieux rêve occidental de la révolution avait moisi ; et j'entrevoyais que, si quelque chose devait avoir lieu — si un réveil était possible —, c'était à partir du Renard.

Combien de temps suis-je resté dans la chambre ? En sortant, j'étais apaisé. Les masques ne suscitaient plus aucune peur : j'avais compris qu'en chacun d'eux passe une ligne qui fait communiquer les vivants et les morts. Grâce à cette ligne, ils formaient sur les murs une écriture sacrée, en même temps qu'un message révolutionnaire.

Des jeunes gens dormaient sur les canapés, les fauteuils, et par terre sur les coussins. Le ciel commençait à s'éclaircir.

J'ai traversé l'appartement, il y avait de la lumière qui venait d'une pièce : le Griot était à son bureau, en train d'écrire. Je me suis avancé vers lui, et lui ai tendu ma carte d'identité. On s'est regardés en silence. Avec des ciseaux, il l'a coupée en petits morceaux, puis les a jetés dans un cendrier où il a mis le feu. Les flammes étaient rouge et noir, comme les masques. Nous avons souri.

II

Le monde n'est pas complètement asservi. Nous ne sommes pas encore vaincus. Il reste un intervalle, et, depuis cet intervalle, tout est possible.

Nous répétons ces trois phrases ; elles s'allument dans la nuit comme des étincelles : *Le monde n'est pas complètement asservi. Nous ne sommes pas encore vaincus. Il reste un intervalle, et, depuis cet intervalle, tout est possible.*

C'est vrai, tout est possible : il a suffi de quelques heures pour que Paris devienne le lieu d'une folle émeute ; et pour que les flammes qui embrasent les voitures se transmettent aux esprits des passants qui nous rejoignent.

Une telle rapidité vous a sans doute surpris ; mais il était logique qu'un monde qui ne cesse de jouer avec le feu finisse par y succomber : le débordement menace à chaque instant ceux qui s'imaginent gouverner un pays. N'avez-vous pas laissé le vôtre pourrir dans l'injustice ? N'avez-vous pas fait de chacun de ses habitants le complice de votre décomposition ?

Il arrive un moment où plus personne ne supporte de vivre dans une société qui l'amoindrit ; ce qui éclate alors ne relève plus de la simple colère, ni d'une quelconque revendication : c'est un refus dont l'objet vous échappe parce qu'il implique que vous n'existiez plus.

Ce moment, lorsqu'il arrive, éclaire d'une lumière nouvelle les frontières entre le vivable et l'invivable ; non seulement il les modifie, mais il anéantit l'idée même de frontière, car il suffit que l'invivable affecte quelques-uns pour que le vivable n'existe plus pour personne. Ne nous dites pas qu'une telle phrase vous semble abstraite ; sans doute faudrait-il vous la répéter mille fois pour que vous en soyez convaincus : *Il suffit que l'invivable affecte quelques-uns pour que le vivable n'existe plus pour personne.* Mais une telle répétition ne servirait à rien : il est trop tard et, que vous le vouliez ou non, ce moment est arrivé — c'est maintenant.

Depuis plusieurs semaines, le feu couvait, quelques journalistes l'avaient remarqué, les forces de police étaient nerveuses, les signaux que nous ne cessions d'envoyer commençaient à être déchiffrés. Ce feu n'a cessé de grandir, et voici qu'aujourd'hui il s'ouvre aux rues tout entières, on dirait même que l'incendie a envahi la Seine qui scintille de torches rougeoyantes, comme si elle s'était métamorphosée en un tapis ardent.

Nous n'avons pas eu grand-chose à faire pour allumer ce brasier : il est facile d'envoyer aux flammes un monde qui se consume depuis si longtemps dans son chaos. À chaque instant, celui que vous avez construit perd son équilibre, parce que dans ce monde *tout se vaut* : chaque chose y est égale à son contraire, autrement dit plus rien n'y a de valeur. C'est la force affreuse de votre monde, mais c'est aussi sa faiblesse. Ne croyez pas qu'en prenant la parole nous cherchions à vous convaincre ; ni même à séduire ceux qui parmi vous auraient une envie de subversion : vous avez abandonné toute espérance, c'est pourquoi vous vivez en enfer.

Votre monde se croit « global » parce qu'il aurait ouvert les frontières et facilité la libre circulation des personnes. En réalité, il ne fait que sacrifier ce qui n'est pas compatible avec ses intérêts. Nous sommes la preuve vivante que ce monde est un mensonge. Nous sommes le résultat du sacrifice ; nous en sommes le *reste*.

On nous traite en esclaves, on nous met au ban, on nous élimine. Vous aurez beau nous contraindre à quitter le territoire, vous aurez beau nous chasser hors de vos frontières, nous reviendrons vous hanter, comme vous hantent les massacres que vous avez commis dans vos anciennes colonies : en Algérie, à Sétif et à Guelma, durant l'été 1945 ; au Sénégal, lorsqu'en 1944 vous avez liquidé des tirailleurs sénégalais dans le camp de Thiaroye ; au Cameroun, en Côte d'Ivoire, à Madagascar : crimes, tortures, charniers.

Que vous le vouliez ou non : *un spectre hante la France, c'est l'Afrique.*

Si vous vous avisez de perdre la mémoire, ou de vous satisfaire d'une quelconque repentance, nous serons toujours là pour redire l'ampleur de vos forfaits et vous en détailler minutieusement l'infamie.

La continuité des supplices, il paraît que vous appelez ça l'Histoire. Nous avons cru comprendre que vous excluez l'Afrique d'une si précieuse construction. En un sens, vous voyez juste : elle n'a rien à faire avec vous.

Nous ne parlons pas de votre bonne conscience ou de votre mauvaise conscience : elles sont identiques. Nous parlons du crime qui parcourt obstinément votre République et de la violence qui ne cesse de rejouer ce qui la fonde ; nous parlons de votre sale jouissance.

Rien n'étonne venant d'un pays qui se flatte de régner sur les esprits quand il n'a plus rien à transmettre : vous attribuez de la férocité à ceux qui vous résistent, mais il ne vous dérange pas d'oublier que cette férocité, parée des attributs de la conquête, a fait de vous et de l'Europe coalisée dans le ratissage de l'Afrique d'efficaces maîtres-tueurs : « Exterminez toutes ces brutes ! » — c'est le cri de ralliement des colons, à l'instant où ils saccagent un village du Congo, à l'instant où ils tranchent la gorge des nègres récalcitrants, violent leurs femmes et piétinent les nouveau-nés avec leurs bottes en peau de buffle. Notre mémoire est scrupuleuse. C'est simple : nous voulons qu'on nous rende compte de chaque victime de l'Histoire.

Nous serions, paraît-il, hors la loi, parce que nos actions débordent vos limites, et que notre survie contrevient à vos intérêts ; mais lorsque la loi n'est pas juste, la justice doit ignorer la loi. Sans doute est-il impossible à vos yeux que des sans-papiers fédèrent leurs énergies : dans votre conception du monde, les sans-papiers doivent être des victimes ; il est même utile qu'ils le demeurent. Mais nous ne sommes pas *seulement* des sans-papiers.

Sous le prétexte que vous avez vu, au journal de 20 heures, un reportage sur la précarité de leurs conditions de vie, vous pensez tout savoir des sans-papiers. Vous avez compris qu'ils travaillent, et ce trait qui les distingue de la masse des naufragés vous les rend sympathiques. Les plus indulgents parmi vous pensent en effet qu'il est scandaleux d'employer de la main-d'œuvre à si bas prix, sans jamais lui reconnaître aucun droit en échange de son travail. Mais, de manière générale, vous êtes fatigués d'entendre parler du sort des sans-papiers, vous trouvez qu'on exagère parce que après tout la vie est dure pour tout le monde, et la misère ne touche pas que les étrangers en situation irrégulière. Si vous êtes de « droite », vous ajoutez qu'ils n'ont qu'à rentrer chez eux ; si vous êtes de « gauche », vous pensez à peu près la même chose, sans oser le dire.

Mais s'il y en a qui parmi nous travaillent, les autres, comme vous dites, « ne font rien » : ils étudient, ce qui suffit à vous les rendre infâmes. Le désœuvrement est-il une menace pour la vie sociale ? Peut-être avez-vous raison de le croire : quelqu'un qui passe son temps à vivre hors de l'utilité ne peut en un sens qu'être en grève ; et la grève, c'est bien connu, affecte ce qui l'approche, elle absorbe ce qui voudrait l'intimider, elle dissout la bonne volonté.

Qu'y a-t-il au juste au cœur de notre désœuvrement ? Nonchalance, paresse, vagabondage ? Amertume, désespoir ? Défi, rage ? N'y trouve-t-on pas d'obscurs trafics, des préparatifs louches, de sombres exercices en vue d'un soulèvement ? Un peu de tout cela, sans doute — et pire : le secret nous protège. La contemplation d'un désert dont chacun de nous recompose le sable grain par grain fonde un minuscule verger ; de ce bout de terre, de cette île dont nous sommes à la fois le roi et les brigands — les éternels pirates —, il est possible de jouir à l'infini. Une telle jouissance ne s'enferme pas sur elle-même : elle a pour vocation de se substituer à la France.

Que vous le vouliez ou non, le désœuvrement est l'horizon de votre monde ; et ce n'est pas parce qu'elle vous déconcerte que cette forme d'existence n'est pas inéluctable. Votre monde obsédé de profit trie chacun de nous en fonction de ce qu'il rapporte. Ceux qui ne rapportent rien, qu'en fait-il ? Si les désœuvrés prolifèrent, ils sont votre œuvre : impossible de savoir exactement s'ils traînent dans les rues par choix ou parce qu'ils subissent votre sélection. Cette ambiguïté les définit jusqu'à l'insaisissable. Ils sont votre grimace ; peut-être vous la renvoient-ils comme une exaspérante sanction.

Nous avons mis le feu à Paris afin que vos yeux s'ouvrent : vous avez, paraît-il, besoin de lumière, le ciel est si gris au-dessus de vos têtes, les nuages si sombres ; et vous-même, au comptoir des cafés, dans les conversations de bureau ou dans votre salon, regardant la météo à la télévision, vous ne cessez de déplorer cette grisaille, ce ciel plombé, ce voile de cendres qui vous étouffent. C'est pour vous réveiller que nous incendions vos voitures, et que nous ajoutons à ce feu de joie vos poubelles : poubelles et voitures, votre monde n'est-il pas résumé dans ces deux mots ? Poubelles et voitures, c'est votre grand œuvre, c'est la « civilisation ».

Écoutez nos paroles : chaque voiture brûlée répare notre abandon. Vous pensez que nous en voulons à vos richesses, que nous nous attaquons aux symboles de la société de consommation. Vos voitures flambent sous vos yeux, vous parlez de saccage, mais c'est nous qui sommes en proie, c'est notre solitude qui crépite en bas de chez vous ; jamais cette solitude ne vous inspire la moindre émotion, à moins qu'elle ne serve vos calculs. Êtes-vous capables de honte ? Dans les banlieues de Paris, chaque fois qu'une voiture brûle, vous invoquez notre sauvagerie, vous imaginez que nous trouvons de l'amusement à faire flamber vos 4 × 4, certains même croient malin d'y voir une compétition entre les cités. Comprenez-vous donc qu'à travers ce brasier une voix s'adresse à vous ? ON VOUS PARLE. Si vous n'entendez pas cette voix, c'est parce que vous ne voulez pas l'entendre.

Il a fallu qu'au fil du temps nous franchissions les ceintures de Paris, et que la ville entière comme cette nuit rougeoie de nos flammes pour que vous commenciez à prendre au sérieux un tel vandalisme. La situation, paraît-il, vous semble « préoccupante ». Mais ce bel adjectif désigne-t-il le sort qui est fait à vos pauvres véhicules ou celui que vous nous réservez depuis tant d'années ? Qu'est-ce qui soudain vous préoccupe tant : qu'il existe des gens dans ce pays qui sont considérés comme des chiens et ne parviennent pas à le faire savoir ; ou bien que votre assurance ne vous rembourse pas le coupé Mercedes que nous avons si méchamment carbonisé ?

Et puis vous savez que nous ramassons votre merde. Beaucoup d'entre nous n'ont rien trouvé de mieux que de s'occuper de vos poubelles ; il faut dire que pour effectuer ce si beau travail la priorité est accordée exceptionnellement aux immigrés. Sans doute vous plaisez-vous à nous reconnaître une compétence particulière dans ce domaine servile. Qui d'autre accepterait de fréquenter chaque matin vos ordures ? Il est remarquable qu'en matière de légalité vous soyez dans ce cas si peu regardants : vous savez bien que nous n'avons pas de papiers, ou que ce sont des *alias*. Vous préférez fermer les yeux sur ce détail : d'ailleurs, pour vous, tous les Noirs se ressemblent, ils portent tous à peu près le même nom, pas vrai ? Et puis qui d'autre consentirait à s'abaisser au niveau de vos étrons ?

L'humilité, sachez-le, est toujours animée d'un mauvais esprit. Elle est voisine de la sédition, laquelle tire sa force des outrages qu'elle a subis. Les camions-poubelles qui sillonnent les rues de Paris transportent ainsi avec eux une révolte patiente. Le sens de la révolution consiste toujours à sortir de l'esclavage. Alors ne croyez pas que cet *emploi* que vous nous réservez relève seulement de l'exploitation : nous avons appris, en triant votre merde, à mieux vous connaître ; vos poubelles nous renseignent sur votre intimité, sur le délabrement de vos entrailles, sur vos dépendances.

Le besoin d'avoir à votre disposition des gens assez démunis pour accepter les corvées vous juge. En nous réservant vos restes, vous nous assimilez au déchet. Nous sommes la part négligée, celle dont on se débarrasse. Souvenons-nous de la parole des Écritures : « Nous sommes jusqu'à ce jour les balayures du monde, le rebut de tous les hommes. » Voilà en quoi se change ce dont personne ne veut : un danger.

Regardez, mesdames et messieurs, comme les flammes s'emparent des rues, comme elles lancent vers le ciel leur floraison orange, rouge, jaune. Il y a même un peu de bleu, du vert tendre qui s'irise par filaments lorsqu'un nouveau foyer s'embrase : on dirait que scintille au-dessus de Paris la queue nacrée d'un paon. Cet éclat que prend soudain le relief tortueux de Notre-Dame, cet aveuglant rayon qui sculpte la ligne des toits, des dômes, des antennes-satellites, qui vient souligner l'érection incongrue de vos tours, de vos obélisques, semble presque effrayant, comme s'il révélait le cauchemar que dissimule votre architecture. C'est pour vous en défendre qu'à travers les gargouilles soudain illuminées de votre cathédrale vous croyez reconnaître nos profils de scélérats. Car vous craignez pour votre sécurité, vous attendez que tout rentre dans l'ordre : il ne fait aucun doute à vos yeux que notre colère va retomber, que la police va éteindre l'incendie, que les manifestants seront tous arrêtés. Mais rien ne rentrera dans l'ordre, on ne nous arrêtera pas, nous ne sommes pas tout à fait ce qu'on appelle des « manifestants ». Et puis rassurez-vous : nous aurons la politesse, apprise grâce à vous, de rendre la communication impossible.

Notre existence ne vous a jamais posé le moindre problème. Lorsque vous affirmez le contraire, vous mentez. Vous vous êtes toujours débrouillés pour faire comme si nous n'existions pas, si bien que d'année en année notre inexistence a gagné du terrain, et que cette nuit vous recueillez les fruits de ce néant que vous voyez en nous.

C'est vrai, nous n'avons pas trouvé d'autre moyen pour vous parler que d'incendier vos voitures ; il est impossible de vous atteindre, vous n'écoutez aucune parole. Alors voilà qu'à notre tour nous sommes hors d'atteinte. Continuez comme si nous n'existions pas, ne vous occupez surtout pas de politique, vous risqueriez de recevoir des coups, et vous avez tout fait dans votre vie, vous avez organisé ce que vous appelez votre emploi du temps pour que précisément cela n'arrive jamais, pour que rien ne vous arrive, et surtout pas les coups : vous préférez les donner.

Ce n'est pas seulement d'injustice dont nous vous parlons, mais d'un monde qui s'écroule : le vôtre. Vos caméras nous filment à chaque coin de rue, à chaque entrée d'immeuble, dans les parkings, dans la moindre boutique ; elles s'évertuent à enregistrer ce qui leur échappe afin que le vide, l'absence et peut-être la mort soient cadastrés, mais que voient-elles ? Rien. Ou plutôt si, elles voient des chevreuils, des boucs, des antilopes, des hyènes, des lièvres, des guépards, des singes, des chacals, des alligators, des margouillats, des figures de la brousse au rictus menaçant, rouge et noir comme l'anarchie, entourées de longues fibres qui s'agitent comme des collerettes de sang.

Oui, nous portons des masques : ils nimbent notre absence. Avec eux, nous ne sommes pas tout à fait là ; et si vous frappiez une tête masquée, si vous vous mettiez à la rouer de coups, vous ne trouveriez peut-être qu'une buée, une poudre, de la sciure de palmier. Celui qui porte un masque n'existe plus qu'à travers celui-ci : il faudrait que vous brûliez ce bois dur pour enfin nous trouver, mais vous n'y avez pas pensé ; et puis comment interroger une écorce ? Vous persistez à nous chercher *derrière* nos masques, c'est pourquoi vous ne trouverez jamais rien. Nous nous sommes

124

exercés depuis des siècles à connaître notre néant : c'est bien ce que vous nous avez appris, n'est-ce pas ? Mais ce néant ne nous a pas diminués ; au contraire, nous l'avons intériorisé, au point que nous sommes devenus introuvables. La splendeur de la rosée à l'aube sur le gazon de vos pelouses malingres, c'est nous. La buée sur les vitres quand vos enfants s'amusent à y coller leur bouche, c'est nous. Le sourire qu'ils adressent à la poussière qui flotte dans un rai de lumière, c'est pour nous.

Dans le monde des masques, un champ de neige peut se couvrir de tourterelles qui chantent la victoire. Le sang peut gicler facilement d'un mot trop vivant qui entaille une certitude. Les barbelés, les matraques, les menottes, les bombes lacrymogènes circulent comme des mots raturés sur une page ; ils sont en trop mais impossibles à effacer. En un sens, c'est eux qui donnent à notre action l'intensité qui la destine au combat.

Ces masques que nous arborons appartiennent aux Dogon du Mali ; ils les exhibent lors de cérémonies où se rejoue pour eux la naissance de l'univers. Un Dogon ne fait jamais que naître ; il ne grandit ni ne décline : à chaque instant, il existe de plain-pied avec son monde — entièrement —, et muni de toutes les facultés que ses dieux lui attribuent. Le temps est pour lui ritualisé par la faveur ou l'hostilité des esprits qui habitent son corps. Il évolue parmi les failles humides des roches, sur les pentes d'une falaise peuplée de démons. Il écoute ses démons, les défie, les adore. Il conçoit son existence comme une chasse spirituelle. Sa vigilance est permanente, son insurrection est totale.

Ce n'est pas pour nous cacher que nous portons les masques ; mais afin de ritualiser notre séparation. Entre votre monde et nous, rien de commun. Et puisqu'en nous adressant à vous cette nuit nous cherchons, tout en vous révélant notre existence, à brouiller encore les pistes, sachez que nous ne venons pas tous du Mali, encore moins de ces falaises où les Dogon ont installé leurs dieux. D'ailleurs, mais le comprendrez-vous, nous ne sommes pas tous originaires d'Afrique. Peut-être ne sommes-nous pas tous noirs.

Quelle importance : nous avons *choisi* d'être noirs, africains, et dogon. À nos yeux, rien n'est plus noble. Pour nous qui vivons au cœur du monde occidental — dans un univers écroulé —, être noir, africain, dogon nous procure une noblesse.

Qui sommes-nous ? C'est la seule question qui vous intéresse. Vous n'allez quand même pas nous demander nos papiers — rappelez-vous : c'est précisément ce que vous nous refusez. Selon vous, notre situation ici n'est pas *régulière*, ce qui ne vous empêche pas de vous servir de nous.

Qui sommes-nous ? Avant tout, ce que vous appelez des étrangers. Car c'est vrai, nous sommes *étranges*. Est-ce pour cela que vous ne nous entendez pas ? Souvenez-vous : « Tu aimeras l'étranger comme toi-même, car tu as toi-même été étranger. » Problème de mémoire ? Votre surdité n'a pas besoin d'alibi ; elle est depuis longtemps votre meilleure arme, plus glacée que vos caméras de surveillance, plus implacable que vos fichiers, plus performante que votre police, car elle n'a pas eu besoin d'apprendre à s'accommoder de ce qui vient la démentir : elle fait ça toute seule. Liberté, égalité, fraternité ? Ne nous faites pas rire. Nos actions ne visent qu'à faire entendre combien ces trois mots chez vous sonnent faux, combien ils mentent. Surdité, surdité, surdité : voilà votre devise.

*

Tout a commencé ce matin lorsque nous avons sorti les masques. C'était avant l'aube et, comme l'exige le deuil, nous n'avons prononcé aucune parole. Nous avions prévu de nous retrouver au fil de notre marche ; elle partait du métro Télégraphe, sur les hauteurs de Paris, dans le XXᵉ arrondissement, et traçait en descendant vers la station Couronnes un chemin vers le premier lieu de ralliement.

Beaucoup d'entre nous étaient déjà là tout en haut de la colline, à côté des réservoirs de Belleville, car ils savaient que nous devions porter avec nous les corps de nos deux camarades assassinés par la police ; ils désiraient faire partie des premiers *deuilleurs*, ceux qui portent la civière de figuier et redisent par des pleurs la vie secrète du mort.

Ces pleurs, dont chacun doit savoir trouver en lui la source, abreuvent la soif de celui qui vient de *sauter la falaise*. Pour étancher la soif d'un Dogon dont la mort est récente, pour que ses os continuent de nager dans le ruissellement que nos chants lui accordent, pour que son âme se métamorphose en étincelles et qu'elle se joigne à l'histoire des signes de notre peuple, il faut que nos pleurs soient abondants. La parole est humide, c'est elle qui tout au long des plaines du pays dogon irrigue les champs de mil, d'arachide et de coton. Les larmes aussi sont une parole, la plus vivante sans doute, parce qu'elles arrosent nos corps asséchés comme si elles leur prodiguaient la fertilité.

Ce matin-là, en descendant la rue des Couronnes, dont la pente est aussi raide que celle qui mène au village malien d'Ogol-du-Bas, en portant sur les civières les corps de nos camarades Issa et Kouré, nous pleurions. Les larmes ne sont pas seulement le signe de l'émotion ; ils sont un message envoyé au monde des morts : ils ouvrent par leur flux la route qui facilite le voyage du défunt. Les funérailles, dans le rite dogon, s'accompagnent de danses et d'un chant par lequel nous célébrons non seulement celui qui vient de mourir, mais *tous les morts*. En mourant, un Dogon coïncide avec tous ceux qui l'ont précédé dans l'existence : c'est une naissance à l'envers, ou plutôt une seconde naissance.

Pour que le mort trouve l'entrée de sa mort, il faut qu'on amène son corps sur le lieu où la falaise pour lui s'est écroulée. Issa et Kouré, traqués par la police, sont morts noyés dans la Seine. Ainsi dirigions-nous nos pas ce matin vers le centre de Paris, à l'embouchure du canal Saint-Martin et de la Seine, au lieu exact où, en cherchant à échapper à la police, ils ont trouvé la mort.

Faire le deuil est un combat où se rejouent les conquêtes et les hantises d'une vie ; certains d'entre nous portent vissés sous leur aisselle un tambour en forme de sablier sur lequel ils frappent en cadence afin que nos pas se changent en trépignements. Dans nos corps instruits par la mort s'allument des scènes de chasse ; elles défilent en hommage à nos deux frères qui connaissent comme chacun de nous l'esprit de l'antilope, l'esprit de la hyène et du rapace, l'esprit du lion que nos ancêtres chassaient à l'arc.

De Belleville à République, personne n'a dérangé notre cortège, pas même les voitures de police qu'il nous arrivait de croiser. Il est interdit, en France, d'apparaître masqué sur la voie publique ; mais au début nous n'étions pas si nombreux : la discipline avec laquelle nous progressions sur les trottoirs et la vue des morts que nous portions sur les civières (en réalité des mannequins de bois peints à l'effigie des défunts) ont sans doute rassuré les policiers pour qui ce genre de folklore est inoffensif.

Arrivé place de la République, notre cortège s'est arrêté. Nous avons déposé les deux civières sur un terre-plein, à l'ombre des platanes, là où l'hiver les sans-abri installent leurs tentes.

Au pied de cette colossale idole de bronze vêtue d'une toge qui brandit un rameau d'olivier, quelques-uns parmi nous ont entonné un chant :

> *yannyin o gammuru oiy*
> Au mort voici sa part

Et comme un mort n'est jamais seul, et qu'en mourant il met en vie l'ensemble des autres morts, le chant s'élève pour tous :

nyima yawo y o gammuru ewi
Aux morts partis voici leur part

Nous sommes restés plusieurs heures immobiles, rassemblés au pied de la statue. Des amis nous ont rejoints, qui ont revêtu le masque que nous leur fournissions. Une danse légère agite les corps, discrète, comme une vague dont le rythme lancinant est donné par les tambours.

Des curieux s'approchent, une foule se forme, silencieuse, qui observe nos gestes lents. À certains nous tendons une réplique de nos masques, sculptée dans un bois léger ; nous distribuons aussi des masques en carton, qui reproduisent pour les sympathisants l'univers rouge et noir qui est le nôtre.

Nous avons ajusté les portes tout autour du socle de la statue. Ce sont d'immenses planches de bois verticales qui forment les battants des greniers. Elles sont sculptées par deux ; un joint de cuir les assemble : chaque porte a son volet femelle et son volet mâle. Entre les deux, une serrure à l'image d'un ventre féminin attend la clef qui l'ouvrira.

Sur ces portes figurent les ancêtres aux formes bombées, leurs bras sont levés, ils portent un bonnet cylindrique, une barbe et des seins : chacun d'eux est à la fois homme et femme. Leur ventre en pointe attend qu'on y consacre un rite.

Courant sur le pourtour des portes, une ligne ondulée évoque les zigzags de l'eau, le chevron du ruisseau propice aux récoltes ; elle déclenche ce matin le mouvement d'une parole qui déjà s'élève à l'intérieur de nos gorges. Cette parole, nous la mâchouillons comme une feuille de khat. Elle trouve peu à peu sa forme, notre salive la façonne ; et bientôt, alors que nos gestes se font plus larges, que nos bras, nos jambes se mettent à balancer d'un côté puis de l'autre, alors que le trépignement fait gronder le sol de la place de la République et se communique à nos spectateurs masqués, un cri sort de nos bouches.

C'est le cri bref du Renard pâle.

Une nuée de tourterelles surgit au-dessus de nos têtes, comme si elles sortaient de la bouche du Renard ; elles vont se percher sur les branches des platanes.

Alors, autour de la République où chacun de nous a pris place, nous versons à la dérobée le sang d'une chèvre, nous allons faire tourner les rhombes.

Ils ont la forme d'une longue scie à deux lignes de dents — qui à nos yeux ressuscite celle du serpent et les mâchoires du crocodile. On dit qu'ils ont été façonnés à l'image de la langue pendante d'un vieillard. À leur extrémité, un trou reçoit l'anneau auquel est fixée la cordelette du tournoiement.

Le sang qui s'écoule de la gorge de la chèvre trace autour de votre monument national une fine rigole de sang sur laquelle déjà nos esprits naviguent ; la lumière brille dans le sang, nos masques qui se penchent y miroitent : c'est par cette rigole que s'immisce notre influence. C'est par ce maigre ruisseau que circulent déjà nos maléfices. C'est ainsi que nos veines gonflent, que nos poumons se remplissent de malédictions et que va s'agrandir aujourd'hui, d'heure en heure, notre puissance.

Les rhombes aussi reçoivent une part du sang : ils acquièrent la violence que le deuil accorde à chacun de nos gestes. À l'instant précis où tous ensemble nous avons tourné nos masques vers le visage de la République, dans le soleil poussiéreux de cette fin de matinée parisienne, alors que le flot des voitures ne cesse de déferler autour de la place, et qu'un pigeon tranquillement écrase sa fiente sur le bonnet que la statue arbore en hommage à la Révolution française, les *rhombeurs* saisissent la cordelette au bout de laquelle on fait tourner l'instrument, ils lui donnent l'élan d'un fouet, la lanière est longue de trois mètres, le rhombe se lève et commence à tournoyer.

Le mouvement de rotation que les rhombeurs lui impriment est d'une violence qui semble décomposer l'espace — comme si un esprit se mettait à vriller sur lui-même. La vitesse du tournoiement varie, le son qu'elle produit change avec elle ; il ressemble au rugissement d'un lion.

Au rythme conjugué du rhombe qui entortille votre monde autour de son axe et du chant qui sourdement pousse dans notre gorge, la place de la République se modifie. Il faut aller plus vite, et plus profond que la matière qui tisse votre monde ; il faut, pour y substituer le nôtre, vaincre par la prière — par la guerre qui la suppose — la trame indémêlable qui accueille seconde après seconde vos corps et vos activités. Par le sang, la parole et le tournoiement des rhombes, c'est là que nous intervenons : au point précis, presque impossible à localiser, où à chaque seconde un monde se fait et se défait. C'est votre plus énorme erreur de croire que la technique rend imprenable l'univers que vous élaborez : comme tout ce qui existe sur la planète, il dépend d'une faille qu'il ne fait que colmater. Pas plus qu'un village traditionnel bororo ou songhaï, il n'est invulnérable.

Regardez la lézarde qui se forme au bas du socle : elle grimpe en zigzag vers les pieds de votre République et pénètre son corps grâce aux trous des termites qui la rongent. Va-t-elle manger le bronze — l'avaler tout entier comme un cobra gobe une proie tremblante ? La résistance d'un dieu, d'une déesse ne dépend pas des apparats qui l'accompagnent, ni des armes dont elle se prévaut pour régner. Que vous le vouliez ou non, l'avez-vous oublié, refoulé, votre République est une divinité comme une autre. Laïque, peut-être — mais quelle différence ? Les formes du culte importent peu ; ce qui compte c'est l'urgence qu'on met à recourir aux soins d'un dieu, c'est le secours qu'il prodigue à nos vies.

Le ciel se couvre d'ombres noires ; durant quelques secondes il fait nuit. C'est durant cet intervalle que nous sortons les clefs et ouvrons les portes. La lumière revient, la statue a disparu. À sa place surgit un immense baobab.

Les tourterelles quittent le platane et, dans un bruissement d'ailes qui enveloppe les lieux d'une clarté rose, elles rejoignent l'arbre qui vient d'apparaître et en couvrent les branches.

Voilà : nous avons planté un arbre à la place de votre déesse — nous avons *escamoté la République*.

Le baobab est un arbre qui semble foudroyé : ses branches s'élèvent vers le ciel en bouquet ; elles sont dépourvues de feuilles. Regardez : on dirait que ses racines se dressent au-dessus du tronc, comme s'il poussait à l'envers. Le baobab est l'arbre du retournement : c'est notre emblème. Avec lui s'installe en pleine ville la splendeur de l'Afrique, son isolement, la souveraineté qui conjure ses blessures.

Vous savez ce qu'on dit : *Semper aliquid novi Africam adferre.* L'Afrique apporte toujours quelque chose de nouveau. C'est Pline l'Ancien qui l'écrit, messieurs-dames, et c'est repris d'Aristote. Eh bien, ce quelque chose de nouveau que l'Afrique apporte aujourd'hui à travers la parole des Renards pâles, c'est la révolution.

Oui, vous avez bien entendu : la *révolution.* Avouez qu'il y a bien longtemps que vous n'aviez plus croisé ce mot : vous pensiez être tranquilles et ne plus jamais avoir affaire à ses belles sonorités glissantes ; vous aviez tout fait pour qu'il ne réapparaisse plus ; et ceux qui, en dépit de vos précautions, se sont obstinés ces dernières années à le prononcer n'ont-ils pas eux-mêmes contribué à sa ruine en gâchant par la répétition de leur échec la promesse qu'il contient ?

Notre cortège s'est mis en route vers la Bastille. Nous avons pris le boulevard du Temple ; nous avancions en marche arrière, selon le rite qui s'adresse aux ennemis. Puisque nous allions vers le lieu où la police a tué Issa et Kouré, nous lui tournions le dos : nous évoluons dans un monde inversé, absolument contraire au vôtre, un monde qui n'obéit pas à vos lois, mais à celles des masques. Ainsi remontions-nous le boulevard à reculons, guidés par deux de nos camarades qui, exemptés du rite, nous indiquent à voix haute s'il faut ralentir, contourner un obstacle ou s'arrêter. Les passants, étonnés, s'écartaient d'eux-mêmes, ils nous laissaient l'entier usage des trottoirs.

Cette manière de se déplacer peut sembler démoniaque ; elle l'est. Mais c'est parce que nous y voyons le moyen de nous soustraire à vos démons à vous : de refuser votre logique, d'exorciser votre emprise, de feinter vos prétentions cartésiennes. Il s'agit avant tout d'éviter de vous rencontrer. Comme l'a dit un poète qui était français, mais ne vous aimait pas : « Je n'ai pas de société à opposer à la vôtre, ce n'est pas mon affaire. »

Avez-vous déjà marché à l'envers ? Passé l'amusement des premiers mètres, la pesanteur se venge : les repères que vous avez défiés reviennent comme un boomerang, la tête vous tourne, vous perdez l'équilibre — c'est la chute.

Pour rester debout, nous récitons le chant. La parole du Renard pâle est mélodique, mais pas douce. Du glapissement qui l'inaugure, elle maintient la violence : chacune de ses inflexions possède la dureté d'une mâchoire. Pourtant, cette parole est souple ; elle ondule. Sa voix est sinueuse, elle trace en nous un chemin qui serpente : à chaque pas nous perdons l'équilibre que le pas suivant retrouve. Ce qui parle à travers la parole du Renard pâle — ce qui chante en nous —, vous le savez, c'est le désordre : depuis qu'il a tranché son lien avec les hommes, depuis qu'il s'est métamorphosé en animal, le Renard va au-devant du monde dont on l'a exilé pour y jeter le trouble.

Non seulement sa parole roule dans nos gorges et tourbillonne sourdement, comme une drogue qui modifie les facultés, mais elle se met à couvert des autres langues ; elle en brouille l'influence : nous avons appris dans nos squats et chez nos protecteurs à ne plus laisser entrer en nous vos syllabes, vos consignes, votre conception du monde. Par un exercice qui suppose la patience et le dédain, nous avons brûlé en nous ces réflexes qui font plier devant ce qui donne un ordre.

Nous avons appris une *autre langue*. C'est elle qui s'infuse en nous lorsque nous marchons à reculons ; elle qui nous empêche de tomber à la renverse. Cette langue se pratique bouche fermée — en murmure. Elle opère comme le rhombe qui tournoie ; et fait vibrer entre nos dents une mélopée aride, pleine d'épines, néanmoins fastueuse.

Cette langue secrète met en jeu un rapport avec la mort ; elle mobilise l'intensité de la brousse, dont les esprits nous parcourent. Entre mort et parole, un éclair s'illumine : lorsque la langue sacrée du Renard pâle tourne ainsi dans notre bouche, elle nous précipite au bord des Falaises ; nous voici sur une crête : un pied dans le monde des vivants, l'autre dans celui des morts.

Le vertige que procure un telle expérience ne se compare à rien, sinon peut-être au changement de sexe. Un homme qui se change en femme, une femme qui se change en homme connaissent un abîme où la volupté la plus étrange les sépare du reste de l'espèce. Cette volupté, en un sens, les couronne, car elle proclame une traversée des limites.

Notre cortège grandissait. Certaines associations qui aident les sans-papiers nous avaient rejoints ; elles connaissaient bien Issa et Kouré, dont les périples en bordure de la légalité ont souvent nécessité qu'elles recourent à leur science des méandres bureaucratiques.

D'autres sans-papiers, à qui l'on a donné alors un masque, se sont joints à elles ; et des amis qui soutiennent ces causes en lesquelles vous ne voyez qu'une provocation, alors qu'elles rendent possible notre survie.

Le trottoir des boulevards qui joignent la place de la République à celle de la Bastille s'est peu à peu encombré. Des policiers sont intervenus, interrompant notre avancée. Aucune pancarte, aucun slogan, pas d'occupation de la route : nous ne manifestions pas. Ils ont voulu quand même contrôler nos identités ; mais la vue des morts que nous transportions les intriguait.

Les responsables de la Cimade se sont interposés ; ils ont expliqué aux policiers que c'était une cérémonie de deuil et que nous allions simplement nous recueillir sur les lieux où nos amis avaient trouvé la mort : rien n'interdisait qu'un groupe se déplace dans les rues, pourvu qu'il ne manifeste pas.

Les policiers n'ont pas semblé convaincus : selon eux, nous étions plus qu'un groupe et, même si nous n'encombrions pas la voie publique, même si nous ne semblions pas « manifester » au sens strict du terme, nous gênions du moins la circulation des passants. Le caractère équivoque de nos accoutrements, nos masques et les chants qui avaient retenti tout à l'heure place de la République ne pouvaient entrer dans aucune des catégories admises : s'il s'agissait d'un spectacle, il fallait une autorisation que nous n'avions pas ; s'il s'agissait d'un cortège funéraire, il nécessitait que nous fussions plus discrets et, vu notre manière de nous déplacer, tout laissait penser que la discrétion n'était pas notre fort, et que nous désirions, au contraire, nous faire remarquer, peut-être même nous faire entendre.

Nous étions trop absorbés par la cérémonie pour la suspendre. Tandis que nous continuions notre lent cheminement vers la Bastille, le Griot, qui ne porte pas de masque, a brandi nos papiers, pour la plupart empruntés à des cousins, à des frères, à des amis en règle. Les policiers les ont examinés en vrac, sans même nous demander d'enlever nos masques, et, après avoir exigé que nous n'occupions pas entièrement le trottoir, sont rentrés dans leur voiture ; ils se sont contentés de nous suivre à distance, mais il était facile de deviner qu'ils avaient signalé notre attroupement et qu'ils attendaient maintenant l'ordre d'intervenir.

Nous avons continué jusqu'à la Bastille, puis longé le canal Saint-Martin, jusqu'à ce trou creusé dans les bâtiments du Port de plaisance de Paris-Arsenal, dont la muraille s'incurve et donne brusquement sur la Seine, où Issa et Kouré ont sauté.

Certains d'entre nous viennent du désert — de ces déserts volcaniques du Sahara dont les noms habillent leurs corps d'une fierté abrupte : désert de l'Aïr au Niger, désert de l'Ennedi et du Tibesti au Tchad, désert du Hoggar dans le sud de l'Algérie, et le plus beau, le plus austère : désert de l'Adrar des Iforas, au Mali. Lorsque vous portez en vous un désert, vous cherchez une transparence capable d'en effacer la rudesse : vous allez vers l'eau.

L'univers ne sera jamais familier ; un vent froid soufflera toujours, pour les nantis aussi bien que pour les offensés, et ce vent oblige à lutter : il n'y a pas de répit, pas de maison, pas d'origine ; il n'y a que la lutte — c'est-à-dire la parole.

Ainsi, pour fuir, Issa et Kouré, comme le font chaque jour des millions de nomades, se sont-ils dirigés vers une source. C'était la Seine, ils ne savaient pas nager. Cette nuit-là, des policiers — on nous a dit trois, puis cinq — les poursuivaient depuis des heures. D'après nos renseignements, il y avait aussi un chien : Issa et Kouré, à bout de souffle, terrorisés par le berger allemand lancé sur eux, se sont jetés dans l'eau en levant les deux bras vers le ciel, comme on se rend à une sommation. Mais autre chose se disait, plus secrètement, à travers ce geste qui répète celui des figures sculptées du Djennenké : lever les bras vers le ciel ouvre un pont vers le monde des esprits. En sautant dans la Seine, Issa et Kouré ne se rendaient pas : ils clamaient leur étrangeté.

À leur première arrivée en France, on les avait refoulés : à peine débarqués de l'avion à Roissy, ils étaient réexpédiés dans leur pays. Alors ils se sont débrouillés : comme la plupart des migrants, ils ont connu le passeur qui les dépouille, la traversée nocturne de la Méditerranée sur un rafiot que des douaniers corrompus laissent dériver jusqu'à Marseille ou jusqu'à l'île de Lampedusa, où d'autres douaniers, parfois les mêmes, les conduisent directement au coffre ; ils ont connu le parcage dans un centre de rétention où les mafias viennent recruter leurs esclaves ; l'errance sur des plages françaises ou italiennes que l'on arpente interminablement pour écouler des contrefaçons de sacs Vuitton et Prada en échange d'un matelas dans une bicoque en ruine ; les brusques réveils à l'aube lorsque le camion bourré de marchandises vient nous ramasser pour ensuite ventiler chacun de nous sur les marinas de la Côte d'Azur, celles de Ligurie, de Toscane ou de Campanie.

Issa et Kouré avaient finalement trouvé refuge au foyer Bara, à Montreuil, où leur père avait réussi à les faire venir ; où, moyennant mille compromis, on avait *acheté* pour eux une place dans les équipes d'éboueurs de la Propreté de Paris ; où, en attendant une régularisation de plus en plus illusoire, ils avaient sombré dans une dépression plus poisseuse que le piège où vous étouffe l'araignée qui hante les récits de notre enfance.

Comme la plupart d'entre nous, leur demande d'asile a finalement été déboutée par l'Ofra (l'Office français de protection des réfugiés et des apatrides) et par la Commission des recours ; ils ont perdu leur place d'éboueur et sont tombés malades : ils ont vécu reclus, ne sortant qu'en cas de nécessité afin d'éviter les contrôles, se trouvant parfois, pour quelques jours, ce que vous appelez un *travail au noir*.

Leur histoire est celle de centaines de milliers d'immigrés qui bravent les frontières parce que la misère qu'ils sont prêts à affronter en Europe leur semble préférable à celle qui, dans leur pays, les condamne. Issa et Kouré ne cherchaient pas seulement en France à gagner de l'argent pour l'envoyer à leur famille aux Kayes : ils avaient fui le Mali parce qu'ils s'étaient opposés à un trafic auquel le banditisme local voulait les contraindre ; leurs têtes étaient tout simplement mises à prix.

Lorsqu'ils sont morts, on a retrouvé sur eux, protégée par un étui plastique, les lambeaux de la lettre maudite qui les assignait à quitter le territoire, cette OQTF (Obligation à quitter le territoire français) que nous connaissons tous, et qui lorsqu'on la reçoit agit sur nous comme le mauvais œil.

Si l'on veut s'opposer à son action néfaste, il faut en déchirer soigneusement le papier, et le faire passer au-dessus d'une flamme qui, sans le brûler, doit en aspirer le contenu. Les bords du papier se consument, des taches brunes apparaissent : il commence à ressembler à du bois — il vient vers nous.

Conjurer la nomination administrative implique une rigueur qui peut sembler folle, mais à laquelle nous recourons parce qu'un geste effectué avec justesse suffit à dérégler, parfois d'une manière infime, l'ordre d'une malveillance.

Il faut garder ce contre-sort sur son cœur : en cas de danger, le toucher avec la main droite afin que le sort s'éclaire ; c'est sans doute ce que faisaient Issa et Kouré mais, durant la nuit où ils ont été pourchassés, cela n'a pas suffi.

La loi n'a de cesse d'imposer sa volonté, mais il est donné à chacun de nous de détruire cette volonté. On peut faire un trou dans la loi avec du feu. On peut, avec des flammes, éloigner l'esprit mauvais qui nous traque. On peut faire partir en fumée l'envoûtement policier. On peut, avec nos yeux, nos mains, nos jambes, avec cette joie qui nous vient du Renard pâle, déjouer le sort qui veut nous astreindre. On peut mettre le feu à votre prose officielle, à vos arrêtés comminatoires, à vos décisions carcérales. Car le feu, contrairement à vous, ne *veut* rien — surtout pas le pouvoir : il ne s'allume que pour le détruire.

La mort d'Issa et Kouré n'a même pas l'honneur de vous sembler une bavure. Défiant toute indécence, le communiqué de la Préfecture de police a fait état d'un suicide : « Ces deux individus, qui n'avaient pas vocation à rester sur le sol français et qui étaient visés par une procédure d'expulsion, se sont soustraits à plusieurs reprises, dans la nuit du 22 au 23 juin 20**, aux interpellations des agents de police, puis à 04 h 37, le 23 juin 20**, ils ont mis fin à leurs jours en se jetant délibérément à l'eau, dans la Seine, au niveau du port de plaisance de l'Arsenal, Paris, XIIᵉ arrondissement. Ils ont été repêchés peu après dans un état critique. L'un des deux n'a pu être réanimé, l'autre est mort d'un arrêt cardiaque pendant qu'on le conduisait à l'hôpital. »

Issa et Kouré, dites-vous, « ont mis fin à leurs jours en se jetant délibérément à l'eau ». Vous appelez donc suicide le résultat d'une chasse à l'homme ? Croyez-vous qu'ils se seraient jetés dans la Seine s'ils n'avaient pas été poursuivis, si vous n'aviez pas jeté contre eux vos chiens de sang — vos *bouffeurs de nègres* ?

En France, sur les bords de la Loire, à l'intention du roi Louis XI et de sa meute, on a lancé dans le domaine d'Ambroise un condamné revêtu d'une peau de cerf, afin que sa piteuse existence se confonde avec celles des proies animales : rattrapé par les chiens, le malheureux a été déchiqueté pour le *bon plaisir* du roi. C'était il y a des siècles. En un sens, c'était une première : aujourd'hui, les chasses à l'homme ont lieu chaque jour, à découvert. L'homme à la peau de cerf, c'est Issa et Kouré. Leur « suicide » est une mise à mort.

Autour du port de plaisance, des deux côtés de l'eau, et jusqu'à l'embouchure de la Seine, nous nous sommes rassemblés. Le rite des funérailles implique que soient récitées des paroles qui nous relient aux défunts :

> *Yorugu lavatogu boy*
> Renard pâle, salut !
> *awa larani dyu wuyo boy*
> Celui-au-masque est mort
> *bige gina puro ko larani boy*
> Tous les hommes pleurent
> *puro wadya dyu sagya boy*
> L'eau monte aux yeux
> *logo sirige kuru pore kamenu boy*
> En route ! À la caverne des ancêtres !
> *lorki wana boy*
> La nuit est venue

L'un de nous s'avance et, là où les jumeaux ont sauté la falaise, il lance des cris que nous reprenons en chœur :

> *venele a larani boy*
> Malheur ! Hommes du masque, malheur !

Commencent alors les lamentations, qui invoquent chaque masque et son esprit :

> *wege ayge delaba*
> Hélas ! Hélas ! Frère masque
> *wuye wuye wuye o*
> Pleure, pleure, pleure !
> *wuye wuyo wuyo*
> Pleure, pleure, pleure !
> *yama gala wuyo*
> Brisé ! Fini ! Pleure !

Des offrandes ont lieu et, tandis que les chants retentissent, on prépare de la bière de mil dans une grande jarre, où chacun va porter les lèvres. Puis, dans cette jarre, on dépose, déchiré en morceaux, le document que le Procureur de la République avait envoyé à Issa et Kouré, l'OQTF, qu'ils avaient enflammé pour répondre au sort. Lorsque leur père est allé identifier les corps, on lui a remis un sachet en plastique avec les morceaux de papier. Nous y mettons le feu ; et l'un après l'autre, penchés sur la jarre, nous faisons le geste de manger la cendre.

*

La veille de leur mort, Issa et Kouré étaient intervenus avec nous rue des Pyrénées, afin de sauver trois familles de sans-papiers. Nous savions que le Procureur de la République avait ordonné leur expulsion. Ces familles (dix personnes, dont quatre enfants) étaient réfugiées depuis plusieurs semaines dans l'ancien hôtel du Chemin-de-Fer, l'un des squats les plus misérables du XXᵉ arrondissement. Une vingtaine de manifestants, alertés par les associations, faisaient barrage. Cette rafle — que votre jargon nomme une « expulsion ciblée » — était programmée en fin d'après-midi, afin que les enfants des sans-papiers aient eu le temps de rentrer de l'école, et que les agents de police puissent saisir avec le maximum d'efficacité de si redoutables réfugiés.

Le Griot collecte les informations : il savait que ces trois familles d'Ivoiriens — des Malinké — seraient expédiées directement au centre de rétention d'Orly et qu'un charter les jetterait dans la gueule des mafias d'Abidjan qu'ils avaient fuies, et dont ils étaient la proie. Pour le Griot, il est hors de question de laisser quiconque se faire *avaler dans une rafle*.

Nous étions postés dans les cafés alentour, au Cherfa, au Bonobo, au Gambetta ; certains d'entre nous patientaient au McDonald's, d'autres arpentaient les allées du Franprix voisin ou feuilletaient des livres au Comptoir des mots en attendant le message qui donnerait le signal.

Lorsque celui-ci est arrivé sur nos BlackBerry cryptés, nous avons sorti les masques des sachets en plastique (dans ce cas, nous apportons leurs répliques en bois léger, qui n'entravent pas nos mouvements). Nous nous sommes élancés vers l'hôtel du Chemin-de-Fer où les Malinké commençaient d'être traînés vers le fourgon de police. On les voyait déjà se débattre. La brutalité des policiers, les hurlements des femmes, les pleurs des enfants, les protestations des manifestants qui s'interposent donnent à chaque scène de rafle une dimension de guerre. Et c'est bien de guerre qu'il s'agit : une guerre civile divise la France, comme tous les pays qui suspendent le droit de certaines personnes en criminalisant leur simple existence. Elle oppose les étrangers « indésirables », comme vous dites, et les forces de police. Le plus souvent, elle est dissimulée pour des raisons politiques : ainsi reste-t-elle en partie secrète ; mais il arrive, pour les mêmes raisons, qu'on l'exhibe : elle dégénère en spectacle, et les médias, en présentant les sans-papiers comme des délinquants qui enfreignent une loi, maquillent alors cette guerre en lutte contre l'insécurité.

Nous étions une trentaine : en déferlant tous ensemble au même moment et de tous les côtés à la fois, nous suscitons toujours, avec nos masques, un effet de surprise. D'un coup, c'est le monde de la brousse qui surgit, avec sa moiteur, ses ténèbres, son sortilège. Nos épaules sont rembourrées de mousse ; nous fonçons comme des joueurs de football américain. La vitesse avec laquelle nous bousculons les policiers permet à certains d'entre nous de séparer les sans-papiers, et à d'autres d'escamoter immédiatement leur présence. Les policiers que nous percutons mettent quelques secondes à reprendre leurs esprits ; ces quelques secondes nous suffisent. Pour faire diversion, il arrive que nous brisions les vitres de leurs voitures ; et, s'il le faut, un cocktail Molotov enflamme le fourgon où les interpellés devaient prendre place. Une minute ou deux, pas plus : déjà, nous prenons la fuite.

Dans nos actions, rien n'est laissé au hasard. Tout est répété d'avance, le moindre geste est réglé comme si nous exécutions une chorégraphie. L'immeuble où le fugitif dont nous avons la charge s'engouffre avec nous a été repéré, choisi, nous en savons le code ; l'itinéraire sinueux que nous empruntons pour semer les poursuivants est balisé de relais qui brouillent nos traces ; la voiture qui va charger une mère et son enfant jusqu'au carrefour où ils s'engouffrent dans le métro attendait là depuis des heures. Chacun de nous a pour tâche de s'occuper d'un sans-papiers ; il ne se préoccupe pas des autres ; il joue sa partition, jusqu'à ce moment où celui ou celle qu'il est chargé d'exfiltrer se fond avec lui dans la foule et passe en lieu sûr.

Il faut éviter que les policiers n'aient le temps de se reprendre, car alors leur violence nous est supérieure : ils ont des matraques, et s'ils utilisent les Taser, ces pistolets à impulsion électrique dont les décharges nous paralysent, il devient impossible de lutter.

Nous n'avons quant à nous aucune arme : nous nous contentons de *bousculer* les forces de police. Rue des Pyrénées, hier, ils n'étaient que douze : nous n'avons eu aucun mal à briser leur assaut et à nous volatiliser avec leurs prisonniers.

Il arrive qu'on se fasse attraper. Parfois l'un de nous attire volontairement sur lui la meute pour faciliter la fuite de ses camarades : il semble courir moins vite que les autres, ralentit, se laisse arrêter ; alors les flics à cran ne l'épargnent pas, mais il ne craint pas grand-chose : figurez-vous qu'il y en a parmi nous qui sont en règle.

Lorsque, pour se venger d'une rafle qui a échoué, les policiers passent ainsi à tabac l'unique perturbateur qu'ils ont capturé et qu'ils s'aperçoivent, durant la garde à vue, que ce dangereux saboteur est un universitaire acclamé dans le monde entier, un artiste dont ils ont vu le visage à la télévision, un acteur de cinéma — une *vedette* —, durant quelques secondes leurs traits se décomposent. C'est si bon de vous voir grimacer ; nous savourons l'instant où vous vérifiez l'identité de l'honorable citoyen, de la célébrité que vos sbires viennent de molester. Que non seulement le voyou qui fait échouer une opération de police soit au-dessus de tout soupçon, mais qu'il soit intégré à ce point à votre société et *que vous le connaissiez* vous semble impossible ; peut-être, durant quelques secondes, ressentez-vous un vertige. Ce vertige est notre signature.

Ce jour-là, tandis qu'à toute allure nous prenions la fuite ; que nous avions jeté nos masques aux endroits prévus et nous étions débarrassés de nos survêtements (des amis postés dans la rue les récupèrent aussitôt) ; alors que chacun de nous avait pris le pas dégagé, tranquille, d'un promeneur qui longe les vitrines, c'est Issa et Kouré qui ont focalisé l'attention : les policiers se sont lancés à leur poursuite.

Nous ne craignons pas de livrer ainsi nos techniques ; nous agissons toujours par surprise. Il n'existe aucune puissance capable de vaincre la vitesse, car celle-ci, précisément, désamorce l'idée de puissance. Et puis, comme l'a dit un philosophe dont la pensée semble courir sur une ligne de fuite, à l'égal des sorciers : « Le grand secret, c'est quand on n'a plus rien à cacher, et que personne alors ne peut vous saisir. »

Il a raison : seule la clarté est insaisissable. Si nous prenons la parole, c'est pour que vous sachiez que dans cette guerre nous n'avons peur de rien. En s'exposant, il arrive qu'on se rende plus redoutable.

Cette nuit-là, Issa et Kouré ne nous ont pas rejoints au Père-Lachaise ; nous n'étions pas inquiets : ils sont tous deux fantasques, et sans doute n'apprécient-ils pas tellement ce qui a lieu après nos affrontements avec la police. Plus que tout, en chacun nous respectons la fantaisie qui lui intime une réticence. Et peut-être voient-ils dans l'explosion de joie qui nous porte à danser la nuit entre les tombes du Père-Lachaise, à descendre en exultant ce long chemin bordé d'aubépines qu'on nomme le sentier des Chèvres, une fête absurde dont le caractère lascif les effraie.

C'est la nuit, toujours la nuit, que nos silhouettes apparaissent dans le cimetière du Père-Lachaise. Une amie nous a donné les clefs. Nous y pénétrons sans bruit, l'un après l'autre ; c'est ici que nous amenons ceux que nous avons fait évader. Une cérémonie les attend, qui consacre leur libération. Les dix jeunes Malinké que nous avons enlevés à la police sont désormais des Renards pâles : ils évoluent dans un contre-monde.

Nous attendons devant le mur des Fédérés que chacun nous ait rejoints. Entre les chênes et les acacias, nos torches électriques ouvrent un chemin. Une mélopée sourde emplit notre gorge, elle prépare la fête qui va célébrer notre victoire du jour. Nous nous dirigeons vers le carré arménien, situé dans la quatre-vingt-cinquième division du cimetière. Les stèles y sont délabrées, mais certaines ont encore la magnificence de palais miniatures. Entre les caveaux s'ouvre un espace de fougères encadré par des cèdres, où deux fontaines brillent sous la lune. Nous déposons les masques dans une des fontaines puis nous déroulons sur l'herbe, entre les fougères, une longue natte de calicot tissée de damiers verts et bleus que nous avons brodée de fils rouges, orange, jaunes ; nous nous asseyons et partageons avec nos invités les boulettes de viande, le riz, les fruits, le rhum et la bière, dont les bouteilles sont tenues au frais dans la fontaine.

Les deux jeunes femmes malinké sont en pleurs, leurs enfants dorment sous le cèdre, là-bas, dans les poussettes. Pour elles, nous découpons des parts dans les galettes de pain ; elles ont de petits rires timides quand nous les invitons à manger.

Même si nous sommes apatrides, à chaque instant s'ouvre un lopin, une parcelle, une marge. Ce pli argileux mangé d'orties entre deux pierres vous semble infime : il nous suffit. En y insérant notre joie, nous l'agrandissons ; il se déplie comme les pans d'une carte du monde.

Sauver un sans-papiers de l'injonction à quitter le territoire équivaut à le faire entrer dans ce royaume qu'ouvre la parole. C'est un lieu qui s'efface des radars ; il a la transparence d'un songe, et peut-être sa fiction revêt-elle à vos yeux un caractère dérisoire. Mais nous y sommes à l'aise, et l'exultation qui nous y fait entrer la nuit, lorsque nous accueillons de nouveaux arrivants, a valeur de sacre.

Qui pourrait nous en déloger ? Il faudrait être capable

d'imagination : nous ne laissons derrière nous aucune trace. Notre royaume est semblable à celui des Hébreux de l'Exode : un campement — moins encore : une tente.

Après les libations, nos nouveaux amis vont se choisir un nom. Nous éclairons avec nos lampes torches les tombes où sont gravés les patronymes : à eux de choisir celui qui les comble. Certains d'entre nous portent un nom trouvé ici, chez les morts. D'autres préfèrent se l'inventer ; il y en a même qui gardent leur vrai nom.

Bien sûr, choisir un nom d'emprunt nous permet avant tout d'échapper à vos registres : il est rare que celui qu'on nous donne à notre naissance nous rende libre — allez donc en discuter au guichet de votre préfecture, vous verrez vite à quoi sert votre nom. Ceux que nous nous sommes donnés chantent à nos oreilles ; ils récusent l'appartenance, ce sont des noms fiers, intègres, qu'il nous plaît d'honorer ; et s'ils ont déjà été portés, c'est en hommage que nous les portons à notre tour : les noms existent pour que se continue une histoire qui échappe à la mort.

Nous nous appelons Braxton, Forêt-Couteau, Jean du Tonnerre, Lucifer Brando, Viviane Vog, Écarteur terrible, Avalanche 67, Buffle-Aboulafia, Aventure Fanon, Ressuscitée de la Chasse, Lancelot des Volcans, Blanqui, Pharaoh Éclipse, Programme, Le Dibbouk a faim, Loup-des-Steppes, la reine de Pologne, En Haut-Yanda, Joe Strummer, Insurgé Varlin, Off Cells, Prends des Pierres, Spartak Yaoundé, Gérard de Nerval, Nous-la-Foudre, Kanaga se Lève, Jean Deichel, Vénus des Ascensions, International French Fighter, Frappeur de Planètes, Tout

Autre, Anna Moïse Éclatante, Sahara-Monstre, Ferrandi, Wage-de-Brisure, Des Iguanes, Bras d'Honneur, Asphalt Jungle, Daniel Darc, Perle-Quatre, Je Traverse le Feu, Jan Sobibor, Louise Michel, Rosa Vertov, Vérité-Yeux Rouges.

Plusieurs d'entre nous portent des noms de communards, dont le sang a coulé ici, en 1871. À l'époque, la répression avait sans doute trouvé plaisant de massacrer des hommes et des femmes sur des tombes, et de profaner d'une manière infâme un lieu sacré. On dit que le monde est hanté. Seulement hanté ? Non : il *revient*, et ce retour incessant transporte avec lui des noms. Réveiller les noms des morts est déjà une déclaration de guerre. Les Dogon-communards sont des anarchistes couronnés.

Issa et Kouré s'étaient choisi comme nous d'autres noms, mais nous les appelons par leur *vrai nom* parce que la mort restitue celui-ci à ceux qui durant leur vie ont masqué leur identité.

Nous savons qu'ils ont été pourchassés cette nuit-là sans répit, comme on chassait le nègre au temps de vos colonies. Comme tous les jumeaux, ils étaient *à part*. Et comme les antilopes qui naissent à deux, comme la lune qui protège ce qui est double, Issa et Kouré étaient craints, bien que personne n'eût plus de douceur que ces deux frères.

Ils étaient longs, maigres et rieurs ; la pudeur rendait leur sourire un peu triste. Issa était le plus loquace ; Kouré, plus timide, se méfiait d'un rien. Ils aimaient deux jeunes filles, elles aussi des Kayes, qui étudient l'ethnopsychiatrie et viennent au foyer Bara donner bénévolement des cours. Lorsqu'ils dansaient avec nous, Issa et Kouré se métamorphosaient ; une fois les masques posés sur leurs visages, ils ne se retenaient plus et volaient comme le héron. C'est eux qui avaient tracé cette inscription qu'on peut voir, en lettres rouges, sur un mur face à l'église Notre-Dame-de-la-Croix, à Belleville :

DIEU EST NOIR

On a su plus tard que durant la poursuite ils avaient perdu leur portable, ainsi n'avions-nous aucune nouvelle. Traqués par la police, ils ont mis des heures pour arriver jusqu'au passage du Buisson-Saint-Louis, dans le Xe, où des amis du Bund, l'ancien parti socialiste juif, nous hébergent parfois. Là, Issa et Kouré se sont reposés quelques heures ; ils pensaient avoir semé leurs poursuivants. Lorsqu'ils nous ont appelés, nous leur avons conseillé de rester cachés et de ne surtout pas tenter de nous rejoindre. Mais, vers 2 heures du matin, ils ont tenté une sortie ; une voiture de police les a pris en chasse, jusqu'à leur mort.

Regardez nos mains, observez nos doigts. Nos mutilations sont toujours rituelles, mais leur sens a changé depuis nos ancêtres. Nous ne dédions plus notre corps à l'esprit qui protège un village : nous le rendons invisible à celui qui coordonne vos systèmes. Ainsi notre existence se déroule-t-elle dans la région du trouble : nous sommes là et pas là, et si nous avons des noms étranges, l'un qui désigne un absent et l'autre qui flambe dans nos plaisirs, nous avons aussi des mains qui échappent à la prise. Il y a quelqu'un, et en même temps il n'y a personne. Nous sommes capables de disparaître en un éclair, comme une volée de tourterelles. Nous existons par éclipses. Nous sommes le peuple sans traces — celui qui pour clamer son identité a effacé ce qui la fonde.

Issa et Kouré, comme beaucoup d'entre nous, avaient les doigts brûlés. Le fichier Eurodac est un système européen de reconnaissance d'empreintes digitales. Plus d'un million de sans-papiers et de demandeurs d'asile y sont répertoriés. Lorsque quelqu'un est interpellé, on interroge aussitôt le fichier. Ainsi l'identification est-elle aujourd'hui biométrique : nos corps nous dénoncent, nos mains nous trahissent. Lorsqu'on enregistre nos empreintes dans un pays, il n'est plus possible de demander l'asile dans un autre ; on ne peut plus aller nulle part. Alors que le rafiot chargé de clandestins devait mener Issa et Kouré en France, il avait abordé au sud de la Sicile, sur une île pourrie de barbelés : on avait pris leurs empreintes, ils étaient piégés.

C'est un terrain vague au milieu du béton. Le sol est jonché de ferrailles. Des sachets de plastique croupissent dans une flaque d'eau ; des mouettes se disputent au-dessus d'une décharge. Autour d'un brasero, des hommes et des femmes sont accroupis. On est à Lampedusa, mais ça pourrait avoir lieu à Calais ou dans n'importe quel autre coin d'une zone de transit. Le feu est allumé continuellement pour le thé ou la toilette, pour cuire des conserves de haricots ; mais on y chauffe aussi des barres de fer. Une jeune femme aux yeux sombres, une Érythréenne, s'empare d'une barre rougie dans la braise et l'applique sur le bout de ses doigts. Elle ne grimace pas, ne crie pas. À petits coups rapides, elle fait glisser le bout de fer sur sa peau. Celle-ci, en brûlant, provoque une fumée noire puante : ses doigts se creusent de rainures blanches. Le geste s'accélère, afin que la peau ne reste pas collée au fer.

Sans un mot, la jeune Érythréenne replonge la barre dans le feu. Issa et Kouré s'avancent, ils prennent à leur tour le bout de métal et brûlent leurs doigts. Il faut répéter ce geste trois jours de suite pour que les empreintes soient effacées.

Certains préfèrent tourner des vis ou des clous chauffés à blanc ; on peut utiliser aussi, paraît-il, l'acide des batteries usagées.

Celui ou celle qui n'a pas senti, comme Issa et Kouré, l'odeur de son corps en train de cuire comme une viande ne sait pas ce qu'est un sacrifice ; il ignore la profondeur de cette caverne où s'entassent en nous les douleurs.

Lorsque les Malinké sont revenus près des fontaines, ils avaient choisi leurs nouveaux noms. L'un de nous a lancé le cri : « Ardent ! Ardent ! Ardent ! » Commence alors, entre les deux fontaines, le chant qui célèbre les noms. Nous n'avons pas apporté de tambours ni de kora afin d'éviter le bruit mais, pour une telle cérémonie, pas besoin de musique : c'est la parole elle-même qui se danse. D'abord la cadence est discrète, les hanches remuent, les bras et les jambes s'agitent avec timidité.

Le cri du Renard que chacun possède dans sa gorge y dissémine de petits cristaux ; ce dépôt forme entre nos dents une salive qui prépare la parole.

L'eau de la fontaine dans laquelle nous trempons nos masques et la salive qui façonne les voyelles se combinent dans notre esprit ; bientôt elles coïncident. Un chant s'élève, qui pétille comme la bière : son souffle se propage aux corps dans un transport de joie.

Alors, nous ôtons nos vêtements, la danse continue dans la fontaine.

Ce chant que nous récitons, nous l'inventons à mesure. C'est un texte-falaise, sans cesse repris, complété, couturé d'incises : en nous détachant de votre emprise, il relance notre liberté. Nous ne respectons rien de ce qui fait barrage à la poésie. Et nous rions de ceux qui pensent qu'elle est un luxe. La déflagration qu'avec patience nous attendons, et qui seule à nos yeux est digne de troubler l'ordre du monde, ne se déclenche qu'avec la poésie : un détail agissant soudain sur des milliers d'esprits vivants illumine par ses prolongements jusqu'au monde des morts, c'est lui qui allume la mèche.

L'espace entre les deux fontaines est vide. Les masques dans une fontaine, notre nudité dans l'autre, *nous nous baignons dans la parole.*

Nos corps s'enlacent, les bouches se mêlent. Croupes, épaules, nuques, aisselles glissent et se lèchent. Dans l'eau, il n'y a plus d'hommes blancs, de femmes noires, d'hommes noirs ni de femmes blanches, la peau lorsqu'elle se baigne n'a plus de couleur, elle ruisselle et se boit, se caresse, se suce, se pétrit, se mord et gicle. La nudité ouvre les yeux, elle mouille les seins, les culs, les trous, les fentes, les queues. On ne sait plus à qui sont ces jambes écartées, ces cuisses, cette chatte où entrent les doigts, les langues, les bites ; on ne sait plus si l'on caresse les hanches d'un homme ou d'une femme, si la langue qui nous fouille l'anus, la bouche qui engloutit notre gland est celle de la jeune fille ou celle d'un de nos compagnons, tous nous exultons dans une étreinte qui n'a plus ni contours ni sexe mais accomplit un désir qui s'adresse à la joie elle-même. La baignade est si heureuse que pressés les uns contre les autres nous éclatons de rire.

*

Que s'est-il passé à Bastille ? Qui a allumé le premier feu ? Personne n'est capable d'identifier le commencement d'une émeute. En un sens, l'insurrection avait commencé bien avant les premiers affrontements : dans nos têtes, vous le savez, le feu brûle depuis toujours et celui qui embrase cette nuit les rues de Paris, qui les illumine d'éclairs rouges et bleus vient d'aussi loin que notre mémoire.

Après avoir prononcé sur le bord de la Seine les paroles en faveur d'Issa et Kouré, après leur avoir dit adieu, nous nous sommes retournés : les rues étaient pleines, nous étions des milliers. Il était presque impossible d'avancer tant il y avait de gens qui s'étaient amassés autour de nous. De chaque côté du port, et sur les deux boulevards qui longent le canal, une foule se pressait en silence ; cette foule à chaque instant semblait grandir. Sans doute notre appel à rendre hommage une dernière fois à Issa et Kouré avait-il été suivi par nos amis, qui eux-mêmes en avaient relayé l'annonce auprès des associations, et de tous ceux qui d'une manière ou d'une autre sont proches des sans-papiers ; mais il était évident que cette foule débordait la sphère de nos proches ou de nos sympathisants, qu'autour de la mort d'Issa et Kouré un élan avait pris forme et que cet élan nous dépassait. De quoi était-il fait ? De solidarité ? De colère ? Du sentiment que c'en était trop, et qu'il fallait réagir ?

L'annonce de la mort d'Issa et Kouré avait déferlé en quelques heures sur les réseaux sociaux, sur Facebook, Twitter, sur des blogs qui s'étaient fait l'écho du scandale. L'événement avait suscité au fil de la journée des commentaires de plus en plus rageurs, si bien que le lieu de leur assassinat était devenu un point de ralliement. Les bavures policières ne sont pas rares, mais aucune, depuis les émeutes de 2005 où les banlieues se sont soulevées pendant trois semaines, n'a suscité un tel engouement.

Il est possible qu'au début personne n'ait voulu manifester autre chose que sa simple présence ; mais il était visible que ces funérailles étaient animées par une audace qui pour l'instant se tenait au repos par respect pour notre deuil. Tout le monde attendait un signal, et sans doute celui-ci dépendait-il de nous.

Être *là*, être vraiment *là* au milieu d'une rue, seul ou entouré d'amis, solitaire ou dans une foule ; être *là* sans même avoir besoin de faire un geste ou de prononcer une parole suffit parfois à renverser une perspective.

Ce calme qui parcourait les rues ainsi remplies était grisant ; rien ne semblait pouvoir qualifier la foule qui s'était jointe à nous spontanément : pas de cris, aucun slogan ni de pancartes, rien que des masques.

Oui, nous ne l'avons pas remarqué tout de suite, parce

que nous sommes habitués à nous voir ainsi les uns les autres, mais *tout le monde était masqué.*

Certains portaient des masques de carnaval mauves, noirs, piquetés de paillettes argentées ou dorées ; d'autres des masques pour enfants, qui reproduisaient les visages rieurs et multicolores de héros de dessins animés ; d'autres encore ces masques obscurs, criards, effarés qu'arborent les tueurs en série dans les films d'horreur ou ces déguisements de Guignol qui caricaturent les hommes politiques et les affublent de sourires qui expriment leur bêtise autant que leur cynisme. Et puis il y avait des masques qui semblaient avoir été bricolés pour l'occasion, figures extravagantes, sombres, cornues, qui affichaient une provocation ténébreuse nourrie d'imagerie satanique ; et enfin, surgissant çà et là, de plus en plus nombreux au fil des heures, comme s'ils avaient la faculté de se reproduire, de multiplier à l'infini leur influence, ces masques désormais célèbres d'Anonymous qui affichent le rictus sardonique de Guy Fawkes, le héros de la Conspiration des poudres : masques qui apparaissent désormais chaque fois qu'un mouvement de révolte, de résistance ou d'« indignation » se manifeste, et qui suffisent à faire surgir un peu partout sur la planète le spectre d'une menace.

Nous avons remonté le courant avec lenteur ; on s'écartait sur notre passage, et chacun nous tendait la main. Nous n'échangions aucune parole, nous nous serrions la main. Combien de temps a duré ce moment où nos masques d'Afrique ont été salués par une population d'autres masques ? Ce moment a décidé de tout, car même si nous en avions eu l'idée — et l'avons-nous eue ? — il n'était plus question de mettre fin à notre cortège, ni même de rentrer chez nous. La cérémonie continuait ; en s'élargissant, elle prenait une dimension nouvelle, dont l'objet à la fois nous échappait et commençait à nous offrir son évidence.

Il est remarquable que le simple fait d'arborer un masque soit devenu, en quelques années, un signe universel de protestation, la marque d'un désaccord avec la société, sa critique incarnée. Nous qui *sommes* des masques, un tel succès nous confirme : le masque récuse ce monde où chacun est assigné à se confondre avec son image et à en exhiber inlassablement l'identité servile.

Ainsi étions-nous heureux de nous retrouver parmi d'autres masques, et de circuler dans un univers sans contrainte. Avions-nous peur d'être noyés dans la masse ? Au contraire : tous ces anonymes étaient venus rencontrer les Renards pâles, et les Renards pâles sont aussi des anonymes. Nous nous mêlions ainsi les uns aux autres, dans une confusion tranquille, sans chercher aucune unité. La communauté, si elle existe, déjoue la clôture ; et c'est ce qui avait lieu : l'absence d'identité absorbait l'espace.

Car nous n'avions même pas la sensation d'aller dans une direction particulière ; nous nous laissions porter les uns les autres : personne ne décidait du mouvement, mais chacun en bénéficiait. Nous qui avons si peu le droit d'être là, nous étions là aujourd'hui plus qu'aucun autre, têtes hautes, en plein cœur de Paris ; et ce «là» mystérieux qui émane de nos masques commençait à étendre sa présence à chaque rue de la ville, comme s'il s'agissait de révéler à celle-ci le caractère indiscutable de notre existence. Ce soir-là, rien ne semblait plus limpide que cette *coulée de masques* qui prenait possession des rues et devenait elle-même la rue.

La seule question qui fasse trembler la société a toujours été celle de la communauté, parce que la société ne veut qu'elle-même, et qu'elle redoute ce qui peut se substituer à elle. Mais, au fil des époques, les formes qu'a prises la communauté ont échoué ; aujourd'hui, elles sont toutes périmées. Seule la solitude continue d'exister sans illusions ; et peut-être, dans les conditions actuelles, demeure-t-elle la seule possibilité de faire face à la société.

Rien n'est plus absurde que ces groupuscules politiques repliés sur eux-mêmes, qui se nourrissent de leurs certitudes au point d'en être satisfaits. Le fait d'avoir raison contre la société n'a jamais suffi à lui donner tort, car celle-ci n'accorde aucune attention à ce qu'elle est capable d'identifier.

Les Renards pâles forment-ils une communauté ? Nous n'exigeons rien de ceux qui agissent avec nous ; chacun est seul avec son masque : ce qui a lieu sous notre nom n'existe qu'à travers cette solitude qui en défait la limite. L'absence de limite n'appartient à personne, pas même aux Renards pâles : c'est elle qui définit ce que nous entendons par communauté. Tant pis si vous n'y comprenez rien : nous en appelons à la *communauté de l'absence de limite* — c'est-à-dire à la solitude de chacun, à ce qu'il y a d'imprenable en elle.

Tandis que le soir commençait à tomber sur Paris, le flux des masques s'élargissait. Il en arrivait de partout : les petites rues du Marais étaient pleines et, faisant déborder nos solitudes, de nouveaux masques se jetaient à chaque instant avec nous dans l'immense rue Saint-Antoine métamorphosée en un océan de têtes étranges.

Pour briser l'inertie, la communauté appelle l'exigence commune, mais le plus souvent cet appel étouffe les désirs de chacun. Ce soir, au contraire, dans la soif qui nous anime, il n'y avait rien de grégaire, ni même de *collectif* : les masques nous préservent de l'uniformité.

Le « nous » qui parle dans nos phrases est lui aussi un masque ; il ne contraint ni n'assimile personne. Personne n'a jamais eu besoin d'adhérer aux Renards pâles, encore moins de s'astreindre à une règle. Chacun est libre d'être là ou de ne pas être là. D'aimer ou de ne pas aimer. D'affirmer ou de se taire. De trouver des raisons de vivre ou de vivre sans raison. La cérémonie par laquelle chacun de nous insère ses gestes dans ce rite que nous nommons les Renards pâles n'a pas de contours : elle coïncide avec la vie même.

Notre solitude n'a jamais été aussi belle que cette nuit. À travers la multiplicité, elle s'ouvre à toutes les solitudes : celle de la chance qui salue leurs croisements, du jeu qui les unit un instant, de l'étrangeté qui les sépare et rend possible leur entente. Comme le proclame un chant des falaises de Bandiagara : *La voix de toutes les paroles a été posée dans la parole de tous.*

S'il existe une communauté, cette nuit en est le signe : elle s'accomplit à travers l'écoute de cette parole sur laquelle, depuis toujours, nous veillons. Et c'est au nom de cette parole — de cette *voix de toutes les paroles* — que nous sommes là, cette nuit, au milieu des flammes. Si cette voix a été *posée dans la parole de tous*, alors vous aussi vous l'entendez ; et même si vous refusez de l'entendre, même si vous avez organisé votre vie pour ne pas entendre une telle voix, pour n'entendre aucune voix, elle existe et se propage.

Sur les portables, un message a déferlé : « MASQUES ! » Dans la foule, on entendait partout ce mot, répercuté dans les téléphones comme un cri de joie :

« MASQUES ! »

« SORTEZ LES MASQUES ! »

« VENEZ AVEC DES MASQUES ! »

Et puis on entendait des noms, ceux qui scandaient notre parcours : Hôtel de Ville, tour Saint-Jacques, rue de Rivoli, Palais-Royal, jardin des Tuileries, la Madeleine, la Concorde, les noms d'un Paris luxueux qui n'était pas notre Paris, mais qui réveillaient la mémoire des lieux de la Révolution française.

En entendant ces noms, égrenés comme des noms de batailles, comme des conquêtes, nous avons souri : depuis des heures, aux Halles, venus des banlieues nord, de Villiers-le-Bel, de Goussainville, de Sarcelles, de Garges-lès-Gonesse, de Mantes-la-Jolie, du val d'Argenteuil, des Mureaux et de Fosses, de Saint-Denis, d'Aubervilliers, de Pierrefitte-Stains, les RER déversaient des milliers de jeunes gens qui enfilaient un masque, une cagoule, une écharpe nouée autour de la tête comme font les Touareg, et arrivaient bruyamment, avant d'adopter en rejoignant notre foule ce calme et cet étrange silence qui, selon les journalistes dont nous lisions sur nos téléphones les premières dépêches, rendaient notre apparition si troublante, et avaient sans doute retenu jusqu'ici la police d'intervenir.

Des voitures klaxonnaient, au début elles traversaient la foule, on les laissait passer ; puis très vite nous avons été trop nombreux, la rue était à nous. Il était devenu presque impossible d'avancer : loin devant nous, la rue de Rivoli semblait elle aussi complètement remplie, comme si notre cortège s'agrandissait de tous les côtés à la fois, et qu'il n'eût pas de tête, mais une multiplicité de corps qui se rejoignent pour ne plus faire qu'un seul et immense organisme. Des amis, au téléphone, nous disaient qu'ils marchaient autour de la place de la Madeleine : là aussi les rues débordaient, et la place de la Concorde, disaient-ils, commençait à se remplir de masques.

D'un coup, à hauteur de l'Hôtel de Ville, on a vu les CRS. Sans doute étaient-ils là depuis longtemps ; ils nous attendaient. Leurs fourgons étaient déployés comme une barricade qui protégeait les bâtiments de la mairie et rendait impossible l'accès à la Seine : en un sens, la barricade, symbole de toutes les insurrections, était désormais du côté des forces de l'ordre. Pour le moment, les CRS n'empêchaient pas notre avancée : la route était à nous, ils se contentaient de manifester leur présence à travers un déploiement de forces qui avait valeur d'intimidation.

Aux compagnies de CRS s'était joint un escadron de gendarmerie mobile, et tous nous observaient, alignés en rangs, avec leurs casques, leurs boucliers en Plexiglas, leurs matraques. Certains d'entre eux exhibaient des fusils à pompe, des Flash-Ball, des lanceurs de grenades fumigènes et lacrymogènes ; et nous avons tout de suite reconnu ces redoutables pistolets Taser qu'ils utilisent contre nous lors des arrestations.

Sans doute y avait-il aussi, infiltrés parmi nous, les agents en civil de la BAC, la Brigade anticriminalité qui regroupe les plus violentes et les plus efficaces unités de police, celles qui au fil des années avaient fini par être affectées à tous les secteurs, qui participent maintenant à la chasse aux sans-papiers et nous harcèlent jour et nuit, en toute impunité, *comme si nous étions des criminels*. Il était évident qu'ils étaient déjà fondus dans la foule : il suffisait de revêtir un masque. Mais les informations à glaner parmi nous étaient sans importance ; et rien ne pouvait déstabiliser une masse qui non seulement n'avait pas organisé son action, mais n'avait pas d'autre but que de révéler sa présence.

Nous savions qu'à un moment les forces de l'ordre interviendraient : on ne peut laisser le centre de Paris être envahi sans que le gouvernement lui-même soit mis en péril. En ce sens, notre surgissement relevait de l'inattendu, même à nos propres yeux. Il était en train de se passer quelque chose qui dépassait nos attentes : que sans autorisation de manifester, sans même aucun plan d'attaque, nous ayons pu ouvrir ainsi Paris, et retourner aussi spectaculairement l'exclusion qui nous frappe en un soudain triomphe relevait du miracle — de cette chance qui favorise à l'insu de tous l'arrivée d'un événement.

Ceux que nous passons notre temps à fuir étaient là, face à nous, rangés devant leurs fourgons. Nous les dévisagions, et peut-être eux aussi nous regardaient-ils enfin vraiment ; peut-être comprenaient-ils pour la première fois que nous avions une existence, et que celle-ci leur échappait.

Les CRS et les gendarmes considéraient nos masques ; c'est toujours avec stupéfaction qu'on découvre les masques sacrés des Dogon : ces longs bois verticaux qui se dressent comme des totems étagés de croix, ces yeux vides qui semblent creusés dans l'obscurité du temps, ces bouches qui rappellent l'abîme de la dévoration, toutes ces figures spectrales à travers lesquelles l'esprit des morts vous assaille suscitent nécessairement un malaise.

La rencontre entre les Renards pâles revêtus de leurs atours et les forces de police équipées pour la bataille avait quelque chose de mythologique, comme si un très vieil affrontement se rejouait au XXIe siècle, en plein cœur de Paris ; comme si l'Histoire ne cessait jamais de remettre en jeu les conflits qui l'animent, et qu'à travers notre face-à-face se fût manifestée à ciel ouvert l'opposition qu'elle ne cesse de refouler.

Ils exhibaient leurs armes, comme des guerriers qui paradent afin d'intimider leurs adversaires. Et nous, à part nos masques, nous n'avions rien.

Ce n'est pas spécialement votre police qui nous obsède, même si nous avons sans cesse affaire à elle. Ce qui quadrille votre monde relève d'une emprise à laquelle personne n'échappe et que les forces du contrôle elles-mêmes ne maîtrisent pas. Nous avons appris à reconnaître, dans les signaux les plus équivoques de la coercition, ce fonds ténébreux qui les rapporte à la magie noire. En un sens, le contrôle est une forme de sorcellerie ; et nous n'avons pas d'autre choix que d'essayer, à notre manière, de le conjurer.

Vous avez bâti un monde où la maîtrise elle-même vous ligote. La vie de chacun n'est-elle pas asservie au règne délirant de la finance — en proie à ses dérèglements calamiteux ? N'est-ce pas vous qui partez en fumée, lorsque des milliards de milliards d'euros disparaissent en une microseconde à travers la spéculation de vos marchés ?

Que vous soyez nantis ou exploités, que vous fassiez partie de ceux qui prospèrent ou de ceux qu'on dépouille, en acceptant d'être à la fois les employés et les clients du fonctionnement, vous avez laissé celui-ci vous avaler. Des chômeurs en fin de droit s'immolant devant les « pôles emploi » : voilà l'image terminale de votre beau système, celle qui en couronne la réussite.

Dans ce monde que vous défendez coûte que coûte, les humains sont à chaque instant sacrifiables. Ce sacrifice vous englobe. Vous vous croyez saufs parce que vous semblez survivre mieux que nous, mais la jouissance que vous éprouvez à nous tenir à l'écart ne vous délivre pas du maléfice : vous aussi, vous subissez le mauvais œil.

Il n'existe plus nulle part aucun abri, aucun refuge où l'on pourrait se soustraire à cette emprise. Il n'y a pas non plus de front dans cette guerre : juste une ligne de crête, qui n'est situable sur aucune carte. Sur cette ligne, aussi coupante qu'une lame de rasoir, nous sommes tous exposés : ceux qui sont rentables et ceux qui ne le sont pas, ceux qui valent cher et ceux qui ne valent rien. Regardez bien : vous êtes là, comme nous.

Votre monde s'est arrangé pour que plus rien ne s'accomplisse dans la politique ; en cela, vous êtes arrivés à vos fins, mais vous avez signé par là même votre évacuation. Si plus rien ne s'accomplit dans la politique, il arrive que quelque chose s'accomplisse en dehors : alors cette chose *devient* politique. L'espace d'un éclair, elle fait renaître la politique, lui donnant un sens nouveau qui à son tour se consume dans l'éclair : les masques qui vous défient sont un moment de cet éclair ; ils éclairent un peu mieux, cette nuit, le sort qui nous oppose.

Alors ne nous parlez surtout pas de crise. Chaque fois que ça tourne mal, quelqu'un parmi vous recourt à ce mot, qui agit comme un alibi. Mais votre monde n'a jamais fait que *tourner mal* : ce qu'il tourne et retourne à n'en plus finir, c'est son ravage. Votre monde est lui-même une crise, il s'est envoûté dans sa ruine. Plus rien de vivant ne s'y transmet, sinon des ordres que vous croyez donner et auxquels vous ne faites qu'obéir : l'envoûtement n'hérite que de lui-même, il détruit ceux qui ne parviennent pas à le briser.

Le feu s'est déclaré autour de la tour Saint-Jacques ; il s'est tout de suite propagé aux rues alentour, embrasant les poubelles, incendiant les voitures qui ont commencé à flamber l'une après l'autre. Cet immense foyer n'a plus cessé de s'étendre tout au long de notre parcours ; ses lueurs s'élèvent encore dans la nuit.

Toutes ces voitures en flammes nous éclairaient comme des torches. C'était comme si leur destruction obéissait à un rite qui consacrait notre présence. L'incendie délimitait notre territoire, il en indiquait le caractère sacré. Vos poubelles, vos voitures sont nos bûchers sacrificiels : leur feu nous ouvre le chemin ; ils vous signalent que Paris est à nous, et que cette ville brûle d'une flamme qui la porte depuis toujours, une flamme que vous avez consciencieusement occultée : celle des réfractaires à votre culte.

Le long de la rue de Rivoli, rue de Castiglione et jusqu'à la place Vendôme, des vitrines ont été brisées ; la foule commençait à saccager les boutiques de luxe. Dans certains cas, le pillage est la réponse naturelle à cet excédent de marchandises qu'est le luxe. En mettant le feu publiquement à des foulards haute couture et à des robes de prix, en pulvérisant sous nos talons des bracelets-montres à cinquante mille euros, on ne fait que révéler l'extravagante dépense qui affole votre monde.

Vous avez bien sûr crié au scandale, et sur toutes les radios, à la télévision, vous avez stigmatisé l'indigne sauvagerie qui animait notre action. Mais personne n'a suggéré que c'étaient peut-être vos casseurs qui avaient détruit ces prestigieuses boutiques, ni précisé que c'est vous qui les chargez d'introduire de la violence dans les marches les plus pacifiques afin d'en légitimer la répression. Personne non plus ne s'est demandé s'il était plus scandaleux de mettre à sac un stock de joaillerie que de pousser deux innocents à la mort.

En tout cas, faire croire que nos désirs se réduisent à

169

l'appropriation — comme si nous pouvions avoir le moindre désir pour vos ineptes produits de luxe — est une manœuvre qui a réussi : elle vous a donné l'occasion de lancer l'assaut contre nous.

Des sirènes retentissaient de toutes parts, et pendant quelques minutes le grondement d'un hélicoptère au-dessus de nos têtes a été assourdissant. Place Vendôme, des groupes de CRS ont chargé à coups de matraque dans la foule qui s'est brusquement scindée. En quelques minutes, ils se sont mis à tirer des fumigènes, à envoyer des gaz lacrymogènes et, de l'hélicoptère, à lancer sur la foule à grands flots de l'eau urticante. Les masques ont reculé et, très vite, une fois la place Vendôme entièrement vide, les cordons de CRS se sont refermés sur elle, et n'ont plus bougé, comme s'ils voulaient avant tout sécuriser le périmètre des intérêts marchands.

Déjà, les journalistes ont lancé la formule : « L'insurrection des masques ». Sur les sites d'information que nous consultons grâce à nos téléphones, on interroge la nature énigmatique de ce soulèvement sans mot d'ordre ; on spécule sur le danger qu'il représente, ainsi que sur l'étrange présence de masques africains parmi tous ces Anonymous. Certains commentateurs ont reconnu leur provenance dogon, et se demandent s'il faut y voir un rapport avec les troubles qui affectent actuellement la zone du Sahel. La plupart des sites utilisent maintenant l'expression « Anonymous africains », et tous tentent de comprendre l'origine de cette immense et surprenante émeute.

Mais les émeutes n'ont pas d'autre origine que le monde

dans lequel nous vivons, et le fait qu'il soit devenu impossible de vivre dans un tel monde. Si des émeutes ont lieu ces derniers temps dans plusieurs autres pays, si en un sens elles ont lieu, et n'en finissent pas d'avoir lieu, *dans tous les pays du monde*, abolissant par là même l'idée de pays et ouvrant l'idée de monde à son propre achèvement, c'est parce que les émeutes devaient arriver et parce que, en un sens, l'émeute, au XXIᵉ siècle, est devenue le destin du monde.

Qu'étions-nous en train de vivre ? De quoi s'agissait-il à travers cette « insurrection de masques » ? Est-ce que c'était une révolution ?

Aucune des émeutes qui ont fait affluer ces dernières années la venue d'un tel événement n'a réussi, en Europe ou dans les pays arabes, à l'accomplir, parce que la révolution est peut-être un événement sans accomplissement, et qu'elle existe en dehors de tout ce qui peut la rendre perceptible.

Alors quel autre nom donner à ce qui avait lieu ? Il n'y en a pas de plus beau. Et puis, nous aimons le mot révolution parce qu'il vous fait peur : s'il effraie à ce point des gens comme vous, c'est qu'il possède encore un avenir.

Les révolutions sont toujours précédées, dans l'esprit de l'époque, d'une révolution secrète qui n'est visible que de quelques-uns. Le plus souvent, elle échappe aux professionnels du commentaire ; et s'il est difficile de parler d'une action comme la nôtre, parce qu'elle s'écrit à travers une dissimulation qui vous la rend obscure, il est plus difficile encore que vous y mettiez fin.

Cette nuit, le feu ne s'éteindra pas. Nous sommes trop nombreux. Vos forces d'intervention vont-elles nous massacrer ? C'est trop tard : tout le monde nous regarde, tout le monde filme avec son téléphone ; et les images de ce qui a lieu place de la Concorde, centre et symbole de Paris, sont transmises dans le monde entier : vous n'allez quand même pas gazer une foule silencieuse, vous n'allez pas lyncher des masques ?

Alors voilà, nous sommes ici et nos masques vous regardent. Vous croyez peut-être que nous attendons une « régularisation » de notre sort ? Vous imaginez que nous vous demandons des papiers ? Vous rêvez. Attendre votre reconnaissance : et puis quoi encore ? Nous n'attendons rien — surtout de vous. Votre monde, nous n'en voulons pas.

Cette nuit, tandis que les affrontements continuent du côté de la Madeleine et de la place Vendôme, où la police s'efforce par sa mise en scène de persuader l'opinion publique que nous nous sommes soulevés pour attaquer vos marchandises, et qu'il est nécessaire de réprimer dans le sang un brigandage qui porte atteinte à la République, quelqu'un a sorti ses papiers d'identité et les a jetés dans le feu.

Le geste s'est répété tout au long de la rue de Rivoli ; et, en quelques minutes, tous ceux qui avaient des papiers d'identité les ont fait disparaître à travers les flammes.

Nous nous sommes glissés jusqu'à la place de la Concorde. On distinguait, tout au bout des Champs-Élysées, l'Arc de triomphe dont les montants illuminés semblaient nous inviter à en franchir la porte. Face à nous, de l'autre côté de la Seine, le palais de l'Assemblée nationale était protégé par des fourgons de CRS qui bouchaient le pont de la Concorde.

Le feu qui s'élevait des brasiers donnait à l'obélisque l'allure d'un dieu sauvage : ses feuilles d'or étincelaient dans la nuit, et sa colonne semblait dressée dans le ciel comme un sexe qui brise l'ordre établi.

Nous avons pris place entre les deux fontaines ; elles nous semblent familières, comme si les jeux du Père-Lachaise se poursuivaient ici, sous une autre forme.

Sur cette place où la Révolution a immolé, en la personne du roi, le principe divin, des masques, en mettant le feu à leurs papiers, semblaient mettre fin à l'idée d'identité. Cette nuit, à travers les flammes qui la consacraient, la place de la Concorde reprenait son ancien nom : elle était à nouveau la place de la Révolution.

Vous est-il arrivé, il y a longtemps, d'entendre la voix de cet insensé qui, muni d'une lanterne allumée en plein midi, criait le mystère de la mort de Dieu sur les places publiques ? Souvenez-vous : il prétendait que c'était vous qui l'aviez tué, et qu'avec ce crime vous aviez détaché cette terre de son soleil, que vous l'aviez précipitée dans un néant sans fin.

Voici qu'un autre mystère a lieu cette nuit ; il ne s'annonce plus par les cris d'un insensé, mais par un silence qui en préserve l'énigme. Il n'est pas sûr, occupés comme vous l'êtes à neutraliser notre impact, que vous *entendiez ce silence* ; mais à l'époque où l'on vous annonçait en criant la mort de Dieu, vous n'entendiez déjà rien : alors peut-être ce silence vous parviendra-t-il d'une manière ou d'une autre ; et peut-être certains parmi vous pressentiront que son étrangeté annonce un mystère aussi crucial que celui de la mort de Dieu, un mystère qui, en un sens, accomplit celui-ci, puisqu'il porte précisément sur ce que vous avez mis à la place de Dieu.

Oui, après tout, c'est possible : quelques-uns parmi vous tendront l'oreille, ils décèleront dans l'événement silencieux de cette nuit une nouvelle à laquelle ils ne donneront aucune publicité, préférant la taire, essayant même de se persuader qu'ils l'ont mal interprétée, qu'ils ont fait erreur, que ces masques ne peuvent pas annoncer ce mystère effrayant : la mort de la société.

Lorsque plus personne n'a de papiers, est-il encore possible de repérer les sans-papiers ? Voici que nos masques se fondent dans une absence générale de papiers. Voici que cette nuit, place de la Concorde, les sans-papiers se confondent avec tous ceux qui n'en ont plus. Voici qu'il n'y a plus de sans-papiers puisque les papiers n'existent plus. Voici que s'invente à travers les flammes l'utopie d'un monde débarrassé de l'identité.

La grande roue du jardin des Tuileries tourne sur elle-même, elle éclaire à présent notre destin. À travers tous ces masques rassemblés place de la Concorde, votre monde se renverse : ceux que vous avez depuis si longtemps mis au ban de votre société en occupent le centre, et c'est vous qui êtes relégués sur les côtés. Alors, bien sûr, vous allez dire que nous sommes encerclés : mais à travers le cercle que vous dessinez autour de nous s'écrit une vérité qui vous condamne.

Sous nos masques, un murmure s'élève. C'est la voix du Renard pâle. Il s'est mis à chanter. Sa parole ouvre en chacun de nous une espérance, elle transmet son feu à tous les masques, elle salue le ciel et les étoiles.

L'INFINI

Dans la même collection

Daniel ACCURSI   *Le néogâtisme gélatineux — La nouvelle guerre des dieux — La pensée molle*

Louis ALTHUSSER   *Sur la philosophie*

Dominique AURY   *Vocation : clandestine (Entretiens avec Nicole Grenier)*

Frédéric BADRÉ   *L'avenir de la littérature*

Frédéric BEIGBEDER   *Nouvelles sous ecstasy*

Pierre Alain BERGHER   *Les mystères de* La Chartreuse de Parme *(Les arcanes de l'art)*

Emmanuèle BERNHEIM   *Le cran d'arrêt*

Frédéric BERTHET   *Journal de Trêve — Felicidad — Daimler s'en va — Simple journée d'été*

Victor BOCKRIS   *Avec William Burroughs*

Amélie de BOURBON PARME   *Le sacre de Louis XVII*

Pierre BOURGEADE   *L'objet humain — L'argent — Éros mécanique — La fin du monde*

Judith BROUSTE   *Jours de guerre*

Antoine BUÉNO   *L'amateur de libérines*

Alain BUISINE   *Les ciels de Tiepolo*

Emmanuel CATALAN   *Prolégomènes à une révolution immédiate*

Brigitte CHARDIN   *Juste un détour*

COLLECTIF   *Poésie hébraïque du IVᵉ au XVIIIᵉ siècle (choix de poèmes)*

COLLECTIF (sous la direction de Yannick Haenel et François Meyronnis)   *Ligne de risque (1997-2005)*

Béatrice COMMENGÉ   *Et il ne pleut jamais, naturellement — L'homme immobile — Le ciel du voyageur — La danse de Nietzsche*

Gilles CORNEC   *Gilles ou le spectateur français — L'affaire Claudel*

Michel CRÉPU   *Lecture (Journal littéraire 2002-2009 - La Revue des Deux Mondes)*

Catherine CUSSET   *La blouse roumaine*

Joseph DANAN   *Allégeance*

René DEFEZ   *Méditations dans le temple*

Raphaël DENYS   *Le testament d'Artaud*

Marcel DETIENNE   *L'écriture d'Orphée*

Conrad DETREZ   *La mélancolie du voyeur*

Jacques DRILLON   *Sur Leonhardt — De la musique*

Bernard DUBOURG   *L'invention de Jésus, I et II*

Hélène DUFFAU   *Combat — Trauma*

Benoît DUTEURTRE   *Tout doit disparaître — L'amoureux malgré lui*

Alexandre DUVAL-STALLA   *Claude Monet - Georges Clemenceau, une histoire, deux caractères — André Malraux - Charles de Gaulle, une histoire, deux légendes*

Raphaël ENTHOVEN   *Le philosophe de service et autres textes — L'endroit du décor*

H. M. ENZENSBERGER   *Feuilletage — La grande migration* suivi de *Vues sur la guerre civile*

François FÉDIER   *Soixante-deux photographies de Martin Heidegger*

Jean-Louis FERRIER   *De Picasso à Guernica*

Michaël FERRIER   *Fukushima. Récit d'un désastre — Sympathie pour le fantôme — Tokyo. Petits portraits de l'aube*

Alain FLEISCHER   *Prolongations — Immersion*

Philippe FOREST   *L'enfant éternel*

Philippe FRAISSE   *Le cinéma au bord du monde (Une approche de Stanley Kubrick)*

Jean GATTY   *Le président — Le journaliste*

Henri GODARD   *L'autre face de la littérature (Essai sur André Malraux et la littérature)*

Romain GRAZIANI   *Fictions philosophiques du «Tchouang-tseu»*

Camille GUICHARD   *Vision par une fente*

Cécile GUILBERT   *L'écrivain le plus libre — Pour Guy Debord — Saint-Simon ou L'encre de la subversion*

Pierre GUYOTAT   *Vivre*

Yannick HAENEL   *Les renards pâles — Jan Karski — Cercle — Évoluer parmi les avalanches — Introduction à la mort française*

Yannick HAENEL et François MEYRONNIS   *Prélude à la délivrance*

Martin HEIDEGGER   *La dévastation et l'attente*

Jean-Luc HENNIG   *Voyou* suivi de *Conversation au Palais-Royal* par Mona Thomas — *Femme en fourreau — Apologie du plagiat — Bi (De la bisexualité masculine)*

Jean-Louis HOUDEBINE   *Excès de langage*

Alain JAUBERT   *Val Paradis — Palettes*

Régis JAUFFRET   *Sur un tableau noir — Seule au milieu d'elle*

Christine JORDIS   *L'aventure du désert*

Alain JOUFFROY   *Conspiration — Manifeste de la poésie vécue (Avec photographies et arme invisible)*

Jack KEROUAC   *Vieil Ange de Minuit* suivi de *citéCitéCITÉ* et de *Shakespeare et l'outsider*

Alain KIRILI   *Statuaire*

Julia KRISTEVA   *Histoires d'amour*

Bernard LAMARCHE-VADEL   *Tout casse — Vétérinaires*

Louis-Henri de LA ROCHEFOUCAULD   *La Révolution française*

Lucile LAVEGGI   *Le sourire de Stravinsky — Damien — Une rose en hiver — La spectatrice*

Sandrick LE MAGUER   *Portrait d'Israël en jeune fille*

Bruno LE MAIRE   *Musique absolue. Une répétition avec Carlos Kleiber*

Gordon LISH   *Zimzum*

Jean-Michel LOU   *Corps d'enfance corps chinois Sollers et la Chine — Le petit côté (Un hommage à Franz Kafka)*

Éric MARTY   *Une querelle avec Alain Badiou, philosophe — Bref séjour à Jérusalem — Louis Althusser, un sujet sans procès (Anatomie d'un passé très récent)*

Gabriel MATZNEFF   *Les Demoiselles du Taranne (Journal 1988) — Calamity Gab — Mes amours décomposés (Journal 1983-1984) — Les Soleils révolus (Journal 1979-1982) — La passion Francesca (Journal 1974-1976) — La prunelle de mes yeux*

Jeffrey MEHLMAN   *Legs de l'antisémitisme en France*

François MEYRONNIS   *Tout autre. Une confession — Brève attaque du vif — De l'extermination considérée comme un des beaux-arts — L'Axe du Néant — Ma tête en liberté*

Catherine MILLOT   *O Solitude — La vie parfaite (Jeanne Guyon, Simone Weil, Etty Hillesum) — Abîmes ordinaires — Gide Genet Mishima (Intelligence de la perversion) — La vocation de l'écrivain*

Claude MINIÈRE   *Pound caractère chinois*

Emmanuel MOSES   *Ce jour-là — Le théâtre juif et autres textes — Le rêve passe — Un homme est parti*

Stéphane MOSÈS   *Rêves de Freud (Six lectures)*

Philippe MURAY   *Le XIXᵉ siècle à travers les âges*

Marc-Édouard NABE   *Je suis mort — Visage de Turc en pleurs — L'âme de Billie Holiday*

Alain NADAUD   *L'envers du temps — Voyage au pays des bords du gouffre — L'archéologie du zéro*

Dominique NOGUEZ   *L'homme de l'humour — Le grantécrivain & autres textes — Immoralités suivi d'un Dictionnaire de l'amour — Amour noir — Les Martagons*

David di NOTA   *Ta femme me trompe — Bambipark une enquête suivi de Têtes subtiles et têtes coupées — J'ai épousé un Casque bleu — Projet pour une révolution à Paris — Traité des élégances, I — Quelque chose de très simple — Apologie du plaisir absolu — Festivité locale*

Rachid O.   *Ce qui reste — Chocolat chaud — Plusieurs vies — L'enfant ébloui*

Marc PAUTREL   *Polaire — Un voyage humain — L'homme pacifique*

Marcelin PLEYNET   *Chronique vénitienne — Le savoir-vivre — Rimbaud en son temps — Le Pontós — Les voyageurs de l'an 2000 — Le plus court chemin (De «Tel Quel» à «L'Infini») — Le propre du temps — Les modernes et la tradition — Prise d'otage — Fragments du chœur*

Olivier POIVRE D'ARVOR   *Les dieux du jour*

Jean-Yves POUILLOUX   *Montaigne, une vérité singulière*

Lakis PROGUIDIS   *Un écrivain malgré la critique (Essai sur l'œuvre de Witold Gombrowicz)*

Jean-Luc QUOY-BODIN   *Un amour de Descartes*

Thomas A. RAVIER   *L'œil du prince — Éloge du matricide — Le scandale McEnroe — Les aubes sont navrantes*

Valentin RETZ   *Double — Grand Art*

Alina REYES   *Quand tu aimes, il faut partir — Au corset qui tue*

Jacqueline RISSET   *Petits éléments de physique amoureuse*

Alain ROGER   *Proust, les plaisirs et les noms*

Dominique ROLIN   *Plaisirs — Train de rêves — L'enfant-roi*

André ROLLIN   *Quelle soirée*

Clément ROSSET   *Route de nuit (Épisodes cliniques)*

Jean-Philippe ROSSIGNOL   *Vie électrique*

Wanda de SACHER-MASOCH   *Confession de ma vie*

Jean-Jacques SCHUHL   *Entrée des fantômes — Ingrid Caven*

Bernard SICHÈRE   *L'Être et le Divin — Pour Bataille — Le Dieu des écrivains — Le nom de Shakespeare — La gloire du traître*

Philippe SOLLERS   *Poker. Entretiens avec la revue* Ligne de Risque *— Le rire de Rome (Entretiens avec Frans De Haes)*

Leo STEINBERG   *La sexualité du Christ dans l'art de la Renaissance et son refoulement moderne*

Bernard TEYSSÈDRE   *Le roman de l'Origine* (Nouvelle édition revue et augmentée)

Olivier-Pierre THÉBAULT *La musique plus intense (Le Temps dans les* Illuminations *de Rimbaud)*

François THIERRY *La vie-bonsaï*

Chantal THOMAS *Casanova, un voyage libertin*

Guy TOURNAYE *Radiation* — *Le Décodeur*

Jeanne TRUONG *La nuit promenée*

Jörg von UTHMANN *Le diable est-il allemand ?*

R. C. VAUDEY *Manifeste sensualiste*

Philippe VILAIN *L'été à Dresde* — *Le renoncement* — *La dernière année* — *L'étreinte*

Arnaud VIVIANT *Le génie du communisme*

Patrick WALD LASOWSKI *Dictionnaire libertin (La langue du plaisir au siècle des Lumières)* — *Le grand dérèglement*

Bernard WALLET *Paysage avec palmiers*

Stéphane ZAGDANSKI *Miroir amer* — *Les intérêts du temps* — *Le sexe de Proust* — *Céline seul*

Composition I.G.S. Charente-Photogravure.
Achevé d'imprimer
sur Roto-Page
par l'Imprimerie Floch
à Mayenne, le 7 juin 2013.
Dépôt légal : juin 2013.
Numéro d'imprimeur : 85007.

ISBN 978-2-07-014217-0 / Imprimé en France.

254583